「わかったわかった。芽衣は我が儘だな」
「え？　ひゃっ……！」
食べるように唇を動かされ、強い刺激をあふれた愛液が心地よさに変えていく。
「あっ、ぁあんっ、ダ……メぇぇ……」

大嫌いなSPとお見合いしたら甘く包囲されました

玉紀 直

Vanilla文庫Miel

大嫌いなSPとお見合いしたら甘く包囲されました

Contents

イラスト／天路ゆうつづ

プロローグ

「早速ですが、俺と結婚してください」

真っ白になった頭に、カコーン……という鹿威《ししおど》しの音が、妙に大きく響いた。

いきなりこんなことを言われては呆然《ぼうぜん》とだってする。

つまりは、このような改まった場でありながら目を真ん丸くして顔をポカーンとさせてしまった高羽芽衣《たかばめい》に、なんら落ち度はない。

(なにを……言ってるの。この人)

和風レストランの個室は品のいい和室になっている。ほのかに香る畳の香り。

芽衣はこの香りが好きだ。彼女が勤める保育園のお昼寝室も畳敷きで、お昼寝担当の日にはつい一緒に寝てしまいそうになる。

障子が開け放たれた窓の向こうには、趣き深い枯山水の庭。風流な鹿威しの音《ね》をバックに、落ち着いた雰囲気を醸し出している。

まだ梅雨明けぬ七月初め、曇天の下でさえも庭の風雅さは失われない。晴天だったなら、太陽の光を受け止める色濃い青楓《あおかえで》が目を愉《たの》しませてくれたことだろう。

振袖姿の芽衣。座卓を挟んで向かいに座る男性、堂島護《どうじままもる》はピシッとしたスーツ姿。

そんなふたりの〝お見合い〟は、今始まったばかりだ。

（第一声がこれって、なに？）

思考力が戻ってくると、いろいろな思いがぐるぐると回りだす。第一に、目の前の男性に対する不信感が湧き上がった。

（相手は誰でもいいってほど、結婚に焦っているとか？）

お見合いなんて初めての経験だ。会話の順序に決まりがあるのかどうかもわからないが、自己紹介から入るのが筋なのではないか。

初対面だし、せめて名前や歳、職業くらいは口にしてから本題に入るとか雑談するとかが普通だと思う。

（でも、この人の名前も歳も職業も知ってるし……）

見合い話をもらったとき、相手の釣書を渡されている。そこに写真と名前、略歴など必要最低限の情報は書いてあった。おそらく彼にも同様に芽衣の情報は伝わっているだろう。

相手の男性の名は堂島護、三十二歳。芽衣が二十四歳なので八つ年上だ。

警視庁警備部警護課の巡査部長。これだけ聞けば「警察官なんだ」という反応をする人が多数だろう。

しかし、芽衣にはわかる。警護課の仕事といえば要人警護、「Security Police」つまりはＳＰだ。

写真の彼はとてもＳＰには見えなかった。

身長一八三センチ、職業柄鍛えているのだろう、体格もいい。加えて、――顔もいい。

ＳＰのイメージとしては、眉間にしわを寄せた地獄の門番のような形相で要人の周辺を警戒している……は偏見かもしれないが、だいたいそんなところではないのだろうか。

だが渡された彼の写真は俳優かモデルのブロマイドのようだった。

保育園児のママたちから推しのイケメン役者のスクショなどを日々見せられて目は肥えているはずだが、そのどれよりも男前の美丈夫だ。そして実物は息が止まるほどかっこいい。正直、すごく好みの顔だ。

「あの……」

「ＯＫですか？　よかった」

「そんなこと言ってませんっ！」

（なんなの、この人！）

思わず大きな声が出てしまった。

見合い話を持ってきたのは、亡くなった父の元同僚だ。父は仕事中に落命したのだが、その際にはずいぶんと世話になった。

だから、すぐには断れなかったのである。

お見合いなんてごめんだ。いや、お見合いがいやなのではなく相手の職業がいやだ。SPなんて、関わりたくないし結婚なんてもってのほか。

芽衣は、断るためにここに来た。

どうやらはっきり言ったほうがよさそうだ。芽衣は喉の調子を整える。

そのとき、両手を座卓の天板についた護がグッと身を乗り出して顔を近づけてきた。

「俺みたいな顔、嫌いですか?」

「は……?　顔?」

「俺は君にひと目惚《ぼ》れをした。顔も雰囲気も、実に好みだ」

「は、はあ……」

「同じように、君も俺に好感を持ってくれたのではないかと考えている」

理解しがたいが、どうも彼は本気で言っているようだ。

(この人……自分がかっこいいって自覚してる、ちょっと面倒くさいタイプなのかな)

芽衣は動揺を悟られないよう、視線をそらして軽く深呼吸をする。

「ひと目惚れって、初めてお会いしたのに、なにを言っているんですか。相手のことをなにも知らないのに、軽々しく結婚とか言うものではないと思います」

「初めて会ったから〝ひと目惚れ〟というのでは?　何度も会ってその人の内面を知って

から惚れたのでは〝ひと目惚れ〟にならないでしょう。見た目と好みは大切です。メラビアンの法則にもありますが、視覚情報というのは大切ですよ」

（あ……、面倒くさい人だ……この人）

頭の中で警報が鳴る。脳が「笑顔で逃げきれ！」と叫んでいる。

「というわけで高羽芽衣さん、俺と結婚してください」

「いやです。お断りいたします」

にぃっこり笑顔は職場でくり出される〝芽衣先生スマイル〟である。おまけに声は園児が大好きな高音、一部保護者からは不本意ながら〝萌《も》え声〟と呼ばれている。

「では、お断りいたしましたので、わたしはこれで失礼しますね～」

笑顔のまま立ち上がり、護に背を向けた。

「今日のところは顔見せということで。俺は、諦めませんから」

先ほどまでとは少し違う、真剣さを感じさせるトーン。いい声なのだが――少し、怖い。

振り向けない。振り向くのがなぜか怖かった。

「失礼します」

芽衣は、背を向けたまま部屋を出たのだった。

第一章　元気で明るい芽衣先生

「みんなー、おはようー」

トーンは高く、程よく大きくゆっくりと。そして決め手は満面の笑み。

あるかんしえる保育園の送迎バスが園庭前に到着する。ドアが開いた瞬間に、男の子がひとり飛び出してきた。

「めいー！　おはよぉー！」

それも地面に降りるのではなくバスのステップから芽衣に向かって両手を広げてダイブするのだ。これは受け止めないわけにはいかない。

（危ないってばっ！　毎朝毎朝ぁっ！）

心で怒るがあくまで笑顔。危なげなく男の子をキャッチする。

（ちょっ……重っ）

この男の子は五歳児。標準より大きいわけではないが体重が十五キロ以上はある。それが毎朝抱きついてくるのだからたまらない。

「竜治《りゅうじ》くーん、危ないよー、ちゃんと降りようねぇ」

「そう言うなっ。早くめいにあいたかったんだっ」

へへっと笑う無邪気な顔。こんな顔をされて怒れるものか。

が、しかし、世の中子どもの笑顔に弱い保育士ばかりではない。近寄ってきた先輩保育士の真奈美《まなみ》が、芽衣の腕からひょいっと竜治を抱き上げた。

「うおおー、はなせまなみぃっ、オレとめいのラブいひとときをジャマすんじゃねぇっ」

暴れる竜治を小脇にかかえ、真奈美は芽衣に顔を向ける。ずれたメガネを指でクイッと直して笑顔を作った。

「芽衣先生、門のお迎えお願いします」

「はい、わかりました。じゃあね、竜治くん、今日も元気に遊ぼうね」

手を振って送迎専用門へ急ぐ。背後から「めいー！」と今生《こんじょう》の別れかのような竜治の叫び声が聞こえた。

「まなみっ！　ひとの恋バナをジャマするやつぁ、ロバにけられろって言葉をしらねーのかっ」

「恋バナじゃなくて恋路。ロバじゃなくて馬。はい、芽衣先生と恋を語る資格なし～。悔しかったらもう少しお勉強しましょうね～」

「くそぉ、そんなんだから、いいトシなのに嫁のもらい手がねーんだよ！」

「お勉強の前に言葉遣いを叩《たた》きこんだほうがいいかな〜」

口が達者な園児にもひるまない。それが真奈美である。竜治に〝いいトシ〟扱いされているが、芽衣の四つ年上で二十八歳。今の時代、結婚を気にしなくちゃいけない年齢でもない。

芽衣だって普通に結婚したいとは思っていても、この仕事をしていると日々考えるのは子どもたちのことばかりで自分のことに頭がいかない。

（あと四年経ったら、わたしも『いいトシして』って園児に言われるんだろうか……）

送迎専用門は、保護者が連れてきた園児を職員が預かり、また、お迎え時に引き渡す場所である。芽衣は早番のときは毎朝、門か送迎バスのお出迎え担当をする。

「あっ、めいせんせ」

門に来た芽衣をいち早く見つけたのは、四歳児クラスの女の子だった。

「おはよー、海花《みか》ちゃーん。あっ、今日のリボンかわいいねー」

肩に下がる三つ編みに、小さなリボンがついている。「メガネのおにいちゃんにかってもらった」と得意げだ。

手を繋《つな》いでいた母親から海花を預かる。若い母親で、なんと芽衣よりもふたつ年下だった。

芸能関係の事務所で働いているらしいが、とてもかわいらしく、彼女がアイドルになったほうがいいとさえ思う。

「先生、よろしくお願いします」

「はい、海花ちゃんママも、お仕事頑張ってくださいね」

「ありがとうございます。じゃあね、海花、いい子にしててね」

膝に両手をあててかがみ、母親が海花に笑顔を向ける。芽衣の手を小さな両手で摑《つか》んでいた海花が、わくわくした顔で母親に聞いた。

「よるは？　メガネのおにいちゃんとごはん食べる？」

「うーん、お仕事次第かな。いっぱい忙しかったら駄目かも。でも、海花が楽しみにしてるって伝えておくね」

「うんっ」

素直に返事をする海花の頭を撫《な》で、母親は会釈をして去っていった。

芽衣が昨年大学を卒業してこの保育園に勤め始めたとき、海花の母親はシングルマザーだった。ちょっとワケアリらしく伯母が海花と暮らしていたようだが、いつの間にか母親と暮らすようになっていた。

その母親は、同じ職場に恋人ができたらしい……。おそらく、海花が言う「メガネのおにいちゃん」だろう。

園児の家庭の事情が垣間見えてしまうときがある。

決して詮索することはないが、ちょっと複雑な気持ちになる。

「芽衣先生、おはようございます！」

ハキハキした声がして、海花に目をやる。なぜかといえば声がそこから聞こえたからだ。

――思ったとおり、いつの間にか海花と手を繋いでニコニコしている少年がいる。

「おはよう、真一郎《しんいちろう》くんっ」

真一郎と呼ばれた少年は礼儀正しく頭を下げる。

「今朝もお仕事お疲れ様です」

「いえいえ、どういたしまして」

「海花ちゃんは僕がお部屋まで連れていきますので、先生はどうぞお仕事を続けてください」

「ありがとう。さすが最年長さんだね。よろしくね」

「はい」

しっかりとした受け答え、ぶれのない真面目さ。真一郎は最年長、六歳児クラスの園児である。大きな病院のひとり息子で、頭もよければ結構整った顔つきをしている。おまけに、びっくりするほど礼儀正しい。

そして……。

「じゃあ海花ちゃん、僕と一緒に行こうね」

「うん、おにいちゃん、きのうのご本のつづきよんでくれる?」

「もちろんだよ」

「わーい、ありがとう」

「海花ちゃんが喜んでくれるから、嬉《うれ》しいよ」

この少年、幼いながらかなり真剣に海花が好きだ。

先ほどだって、登園したら偶然海花がいたから手を繋いだ、ふうの雰囲気を作っていたが、芽衣は知っている。——海花の登園を見計らって自分も登園し、海花の母親が立ち去ったころあいを見計らって現れていることを……。

(将来有望すぎませんかね……いろんな意味で)

小さなカップルの後ろ姿を見送る。けがれを知らない真っ直ぐな純粋さ。口元がニヤニヤしそうになるのを抑えながら、芽衣は仕事を続けた。

登園の園児も少なくなり、そろそろ送迎専用門を閉める時間になる。腕時計を確認していると、車道に一台の車が停まった。

助手席のドアが開き、男の子がひとりで出てくる。芽衣が近寄っていくと振り返って笑顔を見せた。五歳児クラスの子だ。

「おはようございます」

「おはよう、浩太《こうた》くん」

運転席にいるのは父親だ。挨拶をしようと少しかがむが、「浩太、ドア！」とイラついた声が聞こえ、浩太がすぐにドアを閉めてしまったのでタイミングを失った。

車はすぐに動きだす。

「危ないっ」

慌てて浩太を抱き寄せ後退した。車のすぐ横に子どもが立っているのに発進するなんて、なんて危ないことをするのだろう。

ひと言物申したい気持ちは大きいが、車はとっくに去ってしまっている。芽衣の腕にしがみつく浩太を見て、仕方がないと肩を軽く上下させながら息を吐く。

これが初めてのことではない。浩太の家はシングルファザーで、父親は出勤途中に浩太を保育園前に降ろしていく。帰りはお預かり時間ギリギリまで延長することが多く、祖母が迎えにくることもあった。

仕事に遅れないようにか、浩太が車から降りたらすぐに行ってしまう。以前、降りてすぐに発進した車に驚いた浩太が転び、膝を軽くすりむいたことがあった。そのとき「怪我させないように子どもを見るのが保育士だろう！　なんのために高い金払ってると思ってるんだ！」と出迎えの担当をしていた保育士にクレームをつけた。

親としての不注意は、二の次である。

子どもより仕事が大事な父親。

保育士をしていればそういう人物に接することも珍しくはない。

亡くなった芽衣の父親も仕事が大事で忙しく、あまり構ってもらった記憶はない。けれど、愛情を持って接してくれていた。

そのせいか、浩太とその父親を見ていると胸が苦しくなる……。

「先生、ごめんね」

浩太が腕を引っ張る。芽衣がずっと自分の父親の車を見ていたので、子ども心になにか感じたのかもしれない。芽衣はかがんで浩太の頭を撫でる。

「なんでごめんねするの？　浩太君はなにも悪いことはしていないんだよ」

「うん……」

納得いかない様子だが、それでもうなずく。浩太には人の顔色を見るところがある。

——それがなぜなのか見当がついていても、園児の家庭の事情に軽々しく首を突っこむことはできない。

「門閉めるよ。先生と一緒にお部屋に行こうね」

「はい」

浩太はおとなしい男の子だ。細身で、同じ五歳児クラスの中でも幼く見える。手をしっかりと繋ぎ、園舎までのアプローチを一緒に歩いた。

入り口の手前で繋いだ手をくいっと引っ張られた。

「今日はお空が青いね、先生」

「ん？」

立ち止まって斜め上に顔を向ける。七月の朝の陽射しが目に入り、片手をひたいにかざして目を眇《すが》めた。

（昨日は曇りだったっけ）

何気なく昨日の天気と比べると、義理で行ったお見合いを思いだす。ちょっと面倒くさそうな人だったけど、悪い人ではなさそうだったし……顔も好みだった。

（あの人が……ＳＰじゃなかったら……）

考えても仕方ないことを振りきり、芽衣は浩太の手を引いて園舎に入った。


あるかんしえる保育園。副都心の駅から歩いて五分という、なにかと便利な場所に建ち、クラス分けもプログラムも独自の保育カリキュラムで人気の私立の保育園である。

芽衣は大学の教育学部へ進み、そこで幼稚園教諭と保育士の資格を取った。大学のカリキュラムとは別に講習を受けて、チャイルドマインダーの認定も受けた。

保育園でも幼稚園でも働けるように選択の幅を広げる目的だったのだが、あるかんしえる保育園は幼稚園としての教育機能を併せ持つ、こども園に近い施設であったため、両方の資格を持つ芽衣は大歓迎されたのである。

保育士として働き始めて二年目。「元気で明るい芽衣先生」として、日々子どもたちと楽しく戦う……、いや、楽しく戯れる毎日だ。

「で？　どうだったの？　昨日」

職員室で折り紙の教材を用意していた芽衣の横に、すすすっと足を滑らせて真奈美が寄ってくる。小声で尋ねられる内緒話感とともに、昨日という言葉に反応して心臓と一緒に身体が跳び上がった。

「そんなに驚かなくても」

「すみません」

「でも、その反応は、思いだしたらドキッとするようなことがあったってことかな？」

「……ドキッと」

真奈美にだけは、日曜日にお見合いがあるとこっそり話した。勤め始めた当初から面倒を見てくれている先輩なので、私生活についても相談がしやすいのだ。

「ドキッとしたというより、呆然としました」

「呆然？」

「なんか、面倒くさい人でした」

「面倒くさい男は、子どもより面倒くさいぞ。やめとけやめとけ」

「真奈美さん……ナイス本音」

「まあな」

真奈美の男前な助言に親指を立て、作業用デスクの上で色ごとに分けた折り紙をそろえていく。

「わたしも、やめとこうと思ってます」

声に真剣さを漂わせると、真奈美にポンッと背中を叩かれた。

「それでいいと思うよ。結婚なんて、人に言われてするもんじゃない。この人だって思える人が現れたらすればいい」

ほかの職員に呼ばれ、真奈美が離れていく。彼女もちょくちょく親にお見合いを押しつけられているようなので辟易《へきえき》しているのかもしれない。言葉に重みがある。

この人だと思える人。昨日の彼がそうだったらよかったのに、とは思う。はなから断るつもりで臨んだお見合いではあったが、芽衣の仕度に張りきってくれる母を見ていると、申し訳なさで心苦しかった。

お見合いは堅苦しくならないようにふたりだけで会うことになっていたので母は留守番だったが、着物を着付けてくれながら「優秀でとてもいい方だって言っていたし、楽しみね」とご機嫌だった。

実家は勤務先の保育園から離れているため、芽衣はアパートでひとり暮らしをしている。

それなのに朝早くから着物一式を持ってやってきて準備をしてくれたのだ。

義理で受けざるを得なかったお見合い。芽衣が最初から断るつもりでいたのを、母は知らない。

同時に、なぜそんなに喜べるのだろうと不思議だった。

相手の職業がSPであることは母も知っている。娘がSPとお見合いをすることに、なにも感じなかったのだろうか。

――父はSPだった。仕事中に命を落としたのに。

『すみません……』

木琴を叩くようなドアチャイムの音とともにインターフォンから控えめな声が聞こえた。この音は職員の通用口として使われている裏口のものだ。

作業台に一緒にいた職員が手を止めたが、芽衣は「わたしが出ますね」とインターフォンのモニターへ向かった。

この時間に裏口へやってくるのは遅刻してきた子と、〝ワケアリ〟の子しかいない。そして、毎日のようにこの裏口を使う母子がいる。

モニターを確認すると、予想どおりのふたりが立っていた。五歳児クラスの男の子、南《なん》場《ば》歩夢《あゆむ》とその母親である。

芽衣は引き戸のロックを解除し「どうぞ」と声をかけてから裏口へ向かった。

「おはようございます、南場さん」

歩夢の靴を脱がせていた母親が顔を上げる。いつもはそれなりに笑顔なのだが、今日はどことなく焦っているように見えた。

「南場さん、どうかし……」

「せんせい、おはようございます」

「歩夢くーん、おはようございまーす」

母親に話しかけようとしたが、廊下に上がった歩夢が笑顔で挨拶をしてくれたので、条件反射で笑顔を作り挨拶を返す。

「先生、今日もよろしくお願いします」

そうしているうちに、母親は早口で言ってから歩夢の肩をしっかりと摑み言い聞かせる。

「いい、歩夢、お母さんが迎えにくるまで、絶対に誰にもついていっちゃ駄目だからね」

「うん、わかってるよ」

歩夢は笑顔で答える。芽衣に「よろしくお願いします」と再度お願いをして、母親は足早に帰ってしまった。

ちらりと歩夢を見ると、寂しそうな顔で母親が出ていったドアを見ている。芽衣はかがんで視線を合わせた。

「歩夢くん、お部屋に行こうか。おともだち、待ってるよ」

「うん」

立ち上がって手を繋ぐと、登園したのを聞きつけた補助の職員が「あゆむく～ん」と走ってくる。歩夢を渡し、芽衣は職員室へ戻った。

「歩夢君、大丈夫？」

作業の続きに手をつけようとすると真奈美が近寄ってくる。深刻な顔なので、なにかあったのかと胸騒ぎがした。

「本人は大丈夫そうにしてます。お母さんが、ちょっと落ち着かないみたいでした」

「なんかあったのかな。……今、父親から電話があって……」

「歩夢君の？　またなにか言ってきたんですか？」

予感的中である。真奈美は小さく息を吐いて不快な表情をかくさない。

「今日は登園しているのか教えてくれって言うから、園児の情報は教えられないって言って切ったところ。またかけてくる可能性もあるから、特に芽衣先生は気をつけて。……『このあいだ話した女を出せ』と言われたけど、女性が多い職場なので名前を言ってもらえないとわからないってごまかしておいたから」

「わかりました」

深刻な顔をしてしまったかもしれない。真奈美が芽衣の両頰を軽く引っ張った。

「ほーら、めいせんせ～、笑って笑ってぇ。トレードマークの笑顔が死んでるよ～」

「はひぃ」

頬を引っ張られているせいでおかしな返事になってしまった。　真奈美もにこっと笑って手を離す。励ますように肩を叩き、その場を離れていった。

「芽衣ちゃん、大丈夫？」

同じ作業台にいた同期が気遣ってくれる。芽衣は「うん、大丈夫」と軽く笑ってみせた。

園児の家庭の事情に深入りはできない、とはいえ、園児を守るために関わらなくてはならないときもある。

歩夢の両親は離婚調停中だ。原因は、度重なる父親の暴力。母親は歩夢を連れて家を出たが、父親はそれを「連れ去りだ」と主張し、歩夢を手元に戻そうとしている。

母親が裏口からこっそりやってくるのは、父親に見つからないようにしているから。

事情が事情なので園としても協力しないわけにはいかない。父親が現れても歩夢を渡さないのはもちろんのこと、電話がきても情報を与えないように徹底している。

先日父親が園に現れた際、対応したのは芽衣だった。彼は芽衣が五歳児クラスを担当していると知っている。しつこく歩夢の情報を聞きたがったが、園児に関する質問には答えられないという姿勢に徹した。

父親は声を荒らげた。金色の派手な腕時計が目立つ手を伸ばして芽衣に摑みかかってきたところで園長と男性職員が出てきてくれたので、事なきを得たのだ。

園児の数だけいろいろな家庭があるのは当然だが……。

芽衣はときどき、心の中で大きなため息をついてしまう。


保育園は早番、中番、遅番の三交代制で、芽衣は今週は早番である。

早番は朝の七時から夕方十六時まで。特になにもなければ、保育日誌と連絡帳への書きこみをして時間どおりに退勤できる。

通用口から出て、うんっと伸びをする。十六時は夕方だが、この時期はまだ昼間並みに明るい。特に今日は朝から天気がいいので気持ちがいい。

（あー、でも、やっぱり外に出ると暑いな～）

室温管理が徹底されている園舎内と比べてはいけない。暑いがお天気だからよしとして、駅の方向へ歩き始める。

うしろからゆっくりと走ってきた黒い車が、芽衣を追い越して車体ひとつぶん離れたところで停まった。通りすぎようとしたとき、助手席の窓が下がったのだ。

「芽衣さん」

名前を呼ばれ足が止まる。反射的に振り返ってしまったが、背後には誰もいない。

「こっちですよ。高羽芽衣さん」

声のする車のほうにおそるおそる目を向けると、片手を上げて微笑む男性がいた。

「よかった、間に合った」

精悍《せいかん》なスーツ姿の男前。あまりにもインパクトが強くて忘れようにも忘れられない。お断りしたお見合い相手、堂島護である。芽衣は思わず一歩後退する。

「き、昨日の……」

「昨日はありがとうございました。お返事をいただけるまで待とうとも思ったのですが、どうしてもお会いしたくて来てしまいました」

「お返事」とはなんのお返事だろうか。なにも保留にした覚えはない。

「あの……お仕事は……」

「今日は薄明のころから仕事に出ていたので。早めにあがって、芽衣さんの仕事が終わる時間に間に合えばとすっ飛んできました。今週は早番なんですよね?」

「よくご存知ですね」

「松村《まつむら》さんに聞きました。みっつのシフトで一週間ずつ回っていて、先週は遅番だったんですよね?」

「はい、まあ……」

　松村とは、芽衣にお見合い話を持ってきた、亡き父の元同僚、今は現場を退き警護課長になっている。つまりは護の上司だ。

いものだろうか。

だったんですよね、と聞かれても、答えづらい。この人に自分の詳しい情報を与えてい
「家まで送りますよ。どうぞ」

「そんな……！　申し訳ないです。結構ですっ」

芽衣は両手を身体の前で振って遠慮を表す。しかしそんな様子を、護は微笑ましげに見つめた。

「芽衣さんは遠慮深いんですね。奥ゆかしい」

（いやいや、そうじゃなくて！　普通乗らないでしょ！　お見合いを断った人の車に！）

芽衣は自分の思考にハッとする。

（やっぱり、変な人……ってか、断ったのに迎えにくるとか、こわっ！）

「だから、いいんですってば！　ひとりで帰れます！」

話の通じない相手には関わらないに限る。芽衣は速足で歩きだした。……が、歩調に合わせて車がついてくる。

「申し訳なくないですよ。お送りしますから、乗ってください」

「いいえ、大丈夫ですっ。わたし、電車で帰りたいのでっ」

「マニアなんですか?」

「はいっ、駅も電車も大っ好きですっ」

「それなら、駅名当てっこして帰りましょう。俺強いですよ～。学生時代は負けなしでした」

駄目だ。避けようと思って話を盛れば盛るほどつけこまれる。だいたい、電車も駅も自分が使うものしか知らない。

相手は車だ。ついてこられなくすればいい。

「すみません、わたし、こっちから行きたいのでっ」

ひと言言い捨てて、車が入ってこられない路地へ走りこんだ。

「芽衣さん！」

声が追ってくるが構わないで走る。走り抜け、足を止めて振り向くと追ってくる気配はなかった。

「まいったなぁ……」

軽くあがる息を深呼吸で整え、最後に小さくため息をつく。あのキャラクターなら、本人にお断りするだけでは納得してくれそうにない。ここは紹介者の松村経由ではっきりと断ろう。

父のことがあるから、ＳＰとは結婚はしたくないと説明すればわかってもらえるだろう。

路地を抜けて裏通りに出たので駅まで遠回りになってしまった。

早めに帰れると思っていたのに、がっかりである。仕方がないと諦めて歩きだそうとしたとき、いきなり片腕を摑まれた。

振りほどく間もなく、そのままぐいぐいと引っ張られる。引かれるままに足が進み、なにが起こっているのか思考が追いつかない。

腕を摑む手の袖口がきらめいて金色の腕時計が目についた瞬間、ハッとする。

が、直後、車の後部座席に放りこまれた。

「なに……」

とっさに振り返る。腕を引っ張ったのはスーツ姿の男だった。車は黒。まさか護が追いついて……と頭をよぎったが、目に映った姿形は、やはり……。

声を出そうと口を開いたが、男がいきなり後方へのけ反り地面に倒れこんだのが見えて、息が止まった。

「いきなり女性を車に連れこもうとするなんて、感心しませんね。ちょっとそこの交番でお話ししましょうか」

うつぶせに倒した男の両手を背中で摑み、腰を足で押さえ自由を奪っているのは護だった。

「声をかけても駄目だったから力づくでってことですか？　それはいけませんね。……俺だって我慢してるんだから」

……サラッと本音を紛れこませるのもどうかと思う。だけど呆れている場合ではない。

芽衣は急いで車から飛び降りる。

「待ってください！　その手を離して……！」

護の片腕を掴み、男から離そうと強く引っ張った。

「うちの……園児の父親です！」

「園児の……って。いくらかわいい先生がいるからって、こんな保護者を野放しにしてはマズイのでは？」

「ちっ、違いますよっ。たぶん、園児の……自分の子どもの様子を聞きたかったんだと思います」

芽衣は男に顔を向ける。

「そうですよね。それだけですよね、南場さん」

男は悔しそうに唇をゆがめ、芽衣を睨《にら》みつける。間違いない、歩夢の父親だ。金色の時計が目についたときにわかった。電話をかけても相手にしてもらえないので、担当の保育士を捕まえて話を聞こうとしたのだろう。

それにしてもやりかたが荒っぽい。ＤＶ気質だというし、そのせいもあるのだろうか。

芽衣の気持ちを汲《く》んで、護が南場から手を離す。すかさず飛び起きた南場が大きな舌打ちをしながら後部座席のドアを叩きつけるように閉め、運転席へ飛びこんだ。

「危ない！」

護に抱き寄せられたのと、車がタイヤを鳴らして発進したのとが同時だった。

荒々しいタイヤの音と威嚇するようなマフラーのターボ音に身体がすくむ。護に抱き寄せられなかったら耳をふさいでしゃがみこんでしまっていたかもしれない。下手をしたら車体にぶつかっていた。

あまりにも一瞬の出来事で、呆然とする。目に入るのは、走り去る車を黙って見ている護の横顔。

冷静になってくると、今の自分の状況がわかってくる。護の片腕に抱きとめられ、あろうことか彼の胸に両手でしがみついていた。

「すみませっ……」

離れようとするのに身体に巻きついた護の片腕はびくともしない。彼は車が走り去ったほうを見たままスマホを取り出し耳にあて芽衣を見た。

「ナンバーは覚えました。警察に届けますか？」

「それは……。いえ、驚きましたけど、わたしも怪我をしたわけではないし」

「子どもの様子を知りたい父親が、保育士を無理やり車に乗せようとした。ワケアリなんだな、というのは見当がつきますが、ここでまるっと許したら、次は別の保育士が狙われる可能性もあるのでは？」

反論できない。確かにそうだ。今だって護が見つけてくれたから助かったものの、彼が

いなければ逃げることはできなかっただろう。放っておけば同僚が同じ目に遭う可能性だってあるのだ。

「……園長に、報告します。園児の家庭が関係したことで保育士に危険があるのなら、わたしだけの問題ではありませんから。園長に報告して、指示を仰ぎます」

護は真剣な表情で芽衣を凝視する。わかってもらいたくて芽衣も目をそらさず彼を見ていると、厳しい表情がふっとゆるんだ。

「賢明な判断です。わかりました」

どうやらわかってもらえたらしい。ホッとした気持ちのまま、芽衣は控えめにお礼を口にした。

「あの……ありがとうございました。わたし、いきなりで驚いてしまって……」

「芽衣さん」

彼の口調が厳しくなり、とっさに背筋が伸びる。スーツを握ったままだった手の上に彼の手がかぶさった。

「堂島さんだなんて水臭い。護と呼んでください」

「は……？」

「本当に、なんて芽衣さんは奥ゆかしいんだ。いきなり親しげに呼ぶなんて恥ずかしいと思っているんですね？　いいんですよ、どうぞご遠慮なくっ」

「いやいやいやいやいやいやいやいやいや、呼べませんってっ」

遠慮などしていないし、するつもりもない。だいたい、名前で呼べるような関係になるつもりもない。

芽衣は護を見ながら必死に首を左右に振る。そんなことをしていると、こちらを見て見ぬフリをして通り過ぎていく通行人が目に入った。

この状況は、男女がしっかりと抱き合い見つめ合っているように見える……のかもしれない。

「それより、……放してください。もう、大丈夫ですから」

「本当に？」

「大丈夫ですっ」

強い口調で言うが、護は疑わしげに首をかしげる。くっついていたいから疑うのかと指摘してやりたいところだが、「そうですよ」とあっさり言われたらきっと言葉が出なくなる。

芽衣はムキになって繰り返した。

「放してくださいっ」

「わかりました。それなら……」

護の腕が離れる。芽衣も彼から手を離し足に力を入れ……ようとするのに、どうしたことか、芽衣の身体はそのまま崩れていく。

（なんで――）

地面にくずおれる直前、護が芽衣の身体をすくい上げた。

「ほら、力が入らないでしょう」

ハハハと笑う彼。芽衣は表情を固めてその顔を見る。くずおれるかと思った次の瞬間に素早くお姫様抱っこなるものをされてしまえば、あまりのことに声など出ない。

「無意識の恐怖を馬鹿にしちゃいけない。いきなり男に車に乗せられて、恐怖を感じないわけがないでしょう。トラブルで興奮状態にあるから気持ちでは〝大丈夫〟でも、身体は正直なもので恐怖で力が入らない」

護にはそれがわかっていたから、必要以上に強く芽衣の身体を抱いていたのかもしれない。おかしな意味に取ってしまって申し訳ない。

「まあ、そのおかげで芽衣さんを抱きしめることができたので、役得でしたが」

前言撤回。申し訳ないと感じた気持ちを返してほしい……。

護はそのままスタスタと歩きだす。にわかに焦りが湧き上がった。

「あの、どこへ……」

「送っていくと言ったでしょう。芽衣さんの家までですよ。すぐそこに車を停めてあります」

「下ろしてもらっても……」

「またヘタリこみたい？」

「そうじゃなくて……重いですから」

「なにが？」

「わたしが」

「芽衣さんを重いと言っていたら、俺は箸を持って飯が食えない」

……箸以下にされるのはどうかと思う。そのくらい重くないと言いたいのだろうが、比較するものが軽すぎる。

車は路肩に停めてあった。助手席のドアを開ける際、護は芽衣の身体を自分に寄りかからせ、片腕で支えてドアを開けた。

それを軽々やってしまうのだから、どれだけ力持ちなのだろう。

（両腕に子ども三人ずつぶら下げても平気そう）

保育士になったらモテますよ、子どもに。……と心で呟《つぶや》き、助手席に座らせてくれる護に身を任せる。

力で抵抗しようとしても、絶対に無理だ。

おとなしく座っていると運転席に護が乗りこんでくる。シートベルトを引いたのを見て、芽衣も同じ動作をした。

「本当に……、ありがとうございました」

控えめに口にしてシートベルトを締める。カチッと金具をはめる音にまぎれて、護がクスリと笑ったような気がした。

「今回は見知った人間だったようですが、こういった手合いの不審者って多いんですよ。声をかけずにいきなり車に乗せてしまう。芽衣さんはかわいいから、俺は心配です。でも、一緒にいるときは俺が守りますから」

彼に守ってもらうほうが心配のような気がしないでもない。そんなことを思ってしまうが、口には出さないでおく。

「最近、通勤途中にナンパされたとか、『時間を教えてください』なんて古風なセリフで男に声をかけられたとかはないですか？」

「ないです。だいたい、ナンパとか、そういうもの自体されたことがないので」

「それは意外だ。芽衣さんの周囲には見る目のない男しかいなかったらしい」

お世辞は結構ですと心で呟く。そのうち車がゆっくりと走りだした。送ると言っていたが家は知っているのだろうか。

（知ってるな。きっと）

なぜかそんな気がした。松村にいろいろと聞いて、芽衣が思う以上に芽衣のことを知っている気がする。

「朝とか……園児が帰るときとか……、保護者と顔を合わせますよね」

「え？　はい」

「たとえば、園児の父親と顔を合わせたりもしますよね」

「それは……、でも、母親が連れてくることのほうが多いし」

「毎日顔を出すような父親はいませんか？　父親じゃなくても、叔父とかいとことか」

「毎日……」

とっさに思い浮かんだのは浩太の父親だった。しかし、だからなんだというのだろう。シングルファザーなのだから毎日顔を出すのは当たり前だ。おまけに車から降りてくることはほぼない。

「いないことはないですけど、なんなんです？　だからって、みんながみんなおかしなことを考えているわけではないと……」

「なにって、純然たるやきもちですっ。毎日芽衣さんに会えて、かわいい声と笑顔で『おはようございます』と言ってもらえるなんて羨ましい以外なにがあるっていうんですか」

そんなに潔くやきもちを認められても反応に困る。

「日々のふれ合いの中で、かわいい保育士の先生に邪な想いが生まれないとも限らない」

（ほんと、なんなんだろう、この人）

男性の保護者に、フレンドリーというか、悪くいえばなれなれしい態度を取られることがないとはいわない。けれど、それをおかしな方向に考えて警戒するのはやりすぎというものだ。

「芽衣さん」

護に顔を覗《のぞ》きこまれる。運転中なのにと焦るものの、フロントガラスから赤信号が見えて納得した。

「芽衣さんが大切に思っている園児にゆかりある人間を、疑ってしまって申し訳ない」

まぶたをゆるめた彼は、どこかつらそうにも見える。

「でも、芽衣さんの職業柄そういった可能性もあるということだけは、頭の片隅に置いておいてください」

「はい」

そんな苦しそうに言われたら、こっちのほうが申し訳ない気持ちになる。そんなことを疑いたくはないけれど、返事をするしかない。

「あの……堂島さん、そんなに心配してくれて、ありがとうございます。それと、申し訳ないとか気を使ってくれなくても大丈夫ですよ。警察の方は、人を疑うのが仕事だってわかっていますから」

ゆるんでいたまぶたがわずかに上がる。言わなきゃいいのに、次の言葉が口を滑った。

「どうしてか、知っていますよね？」

父親が殉職したSPだったから。そんなことは、松村から聞いて知っているだろう。護が芽衣から顔を離してシートに戻る。気まずくさせてしまったかと思ったが、単に信号が変わったからのようで静かに車が走りだした。

「知っています。お父様が、SPだったから、ですよね」

「はい」

「高羽さんは優秀な方だった。SPという職業に誇りを持っていた。厳しいけれど、仲間想いの情に厚い人で」

「会ったことがあるような口ぶりですね」

「ありますよ。SP候補生のころ、警察学校で。ときどき指導に来てくれていたので」

「そうなんですか?」

にわかに気持ちが上がった。松村以外で父の存在を知っている人に会ったのは久しぶりだ。

「高羽さんの話は勉強になるものばかりで。よく笑う楽しい人だった」

上昇していた気持ちがスンッと落ちる。彼が、話を合わせるために父を語っているのではないかと思えてしまったのだ。

よく笑う楽しい人。

(そうか……職場ではそうだったんだ)

父が笑った顔なんて、あまり記憶にない。幼いころは、冗談を言って芽衣を笑わせてくれる人だった覚えはあるのだが……。

いつの間にか、そんなこともなくなった。あの事件があってからだ……。

おそらく護は、芽衣が心を開いてくれるようにと話を合わせているだけなのだろう。

そこまでして気を引きたいのかと腹立たしく思うこともできる。しかし、無理に知っているフリをさせてしまったことに申し訳なさを感じた。

しかし、知っているフリをしてくれるのなら好都合かもしれない。

「父を知っているなら、ちょうどいいです。はっきり言いますね」

芽衣は、護の嘘《うそ》を逆手に取る。

「〝父親が仕事中に命を落としたかわいそうな娘〟に同情してお見合いをしたなら、その気持ちは不要です。父は仕事に命をかけて、それを全うした。それだけです。悔いはないでしょう。わたしも、父らしい最期だと思っています。でも、それだから、わたしは父を奪ったSPというものが好きになれない。それに、いつ命を落とすかわからない仕事をしている人と結婚するつもりも……」

普段は思っていることを呑《の》みこむことが多い。けれどこれは言わなくてはいけないことだ。言ってしまえばスッキリするだろう。

そのとき車が停まる。顔を上げると、芽衣の家の近所にあるコンビニの前だった。

「ちょっと待っていてください」

そう言って護はさっさと車を降りていく。店に入り、程なくして出てきた彼は小さな袋を手に提げていた。買うものを思いだしてコンビニに寄ったというところか。話しているところを遮られて、ちょっとムッとする。

「お待たせしました。はい、どうぞ」

運転席に座った護は持っている袋を芽衣に差し出した。

「なん、ですか？」

中身のわからないものを渡されても困る。しかし彼は笑顔のまま袋を突きつける。押し問答を続ける気にもなれないし、コンビニで買ったものならおかしなものではないだろう。そう見当をつけ、「どうも」と首を軽く縦に動かして袋を受け取った。

中をのぞくと、小さなカップスイーツがひとつ入っている。

「今日、会いに行けるようなら手土産にケーキのひとつも用意しようと思っていたのですが、急ぐあまり用意ができなくて。実は芽衣さんに会ってからずっと気になっていたんです。間に合わせで申し訳ありませんが。今日はそれを食べてお父さんのことでも思いだしてください」

護と袋の中身を交互に見て、芽衣は複雑な気持ちになる。

「あの……、さっきのわたしの話、聞いてました？」

ので……」

「あっ、申し訳ない。甘いものを買って渡そうと思い立って、どこで買おうか考えていた

「そのあと」

「さっき？　SP研修中の話でしょう？」

つまりは、芽衣が護を突き放すつもりで口にした本音を、彼はまったく聞いていなかったと。そういうことらしい。

芽衣が口に出したことは、冷たい娘だと思われても仕方のない言葉だ。少しひねくれてもいると思う。普段は絶対にそんなことは言わない。

冷たい態度もひねくれた言葉も〝元気で明るい芽衣先生〟には似合わないからだ。

せっかく意を決して言ったのに。そう思うと気が抜けてしまった。芽衣は軽く息を吐き、袋を膝に置く。

「ありがとうございます。帰ったら、いただきます」

控えめにだが一応笑顔を見せる。ホッとしたのか、護はシートベルトを引いた。

「よかった。目をついたものを手に取ってきたので。あとからケーキっぽいもののほうがよかったかなとか考えたけれど、迷っているうちにお会計が済んでしまっていて」

「大丈夫です。これ、二色ゼリーとババロアで三層になったやつですよね。出たばかりのときに食べたんですよ。甘いけどさっぱりしていて美味しいです」

こうかな」
「芽衣さんのほうが詳しいな。そうか、さっぱりした感じなんだ？　俺も帰りに買ってい
　手元の袋を掲げ「これ食べます？」と小首をかしげる。予想どおり、護は軽く手を振っ
て遠慮しますのポーズを取った。
「〝芽衣先生〟が『あーん』って食べさせてくれるなら、それをもらいます」
　そうきたか。芽衣は袋を膝に置いてぷいっと前を向く。
「当園のかわいい園児たち以外には、してあげませんっ」
「そうか、惜しいな〜。あと二十七年遅く生まれていればな〜」
　二十七年遅ければ護は五歳だ。「あーん」してあげられる年齢ではあるが、お見合い対
象にはならなかったのではないか。
　そろそろ車も走りだすだろうと前を見ていたが、なかなか動かない。不思議に思い顔を
向けると、護が芽衣をジッと眺めていた。
「な、なんですか？」
「芽衣さんは、さっぱりしたスイーツが好き？　生クリームのケーキは好きではない？」
　人の顔を眺めて、そんなことを考えていたのだろうか。彼は手土産にケーキのひとつも
用意しようと思っていたと言っていた。今後のために聞いておきたいのかもしれない。
　とはいえ、お見合い自体断ったつもりでいるというのに。伝わっていないのはどうした

ものか。

ため息が出そうになりながら、芽衣は質問に答える。

「そうですね、さっぱりしたものというか、程よい甘さのものが好きです。生クリームとかチョコクリームとか、嫌いではないんですが、もりもりに盛られたものはちょっと苦手です。だから、コーヒーショップのホイップもりもりにされたやつも苦手で……。嫌いじゃないんですけど、最後にクリームが残っちゃって」

だんだん自分でもなにを言っているのかわからなくなってきた。ケーキの話をしていたはずなのに、クリームの話になって、コーヒーショップの話になって。

けれど、あっちこっちに飛んでしまう芽衣の話を、護は微笑ましげに聞いている。

（――なんて、優しい顔をするんだろう……）

つい彼の顔に見惚れそうになってしまった。好みの顔に優しくされたらまずい。目をそらそうとした瞬間にふわっとした笑顔が飛びこんできて、視線が釘《くぎ》づけになる。

「それなら俺は、芽衣さんに〝程よい〟と思ってもらえるSPになりますよ。そうしたら、好きになってもらえそうだ」

「はい？」

「もりもりにSPっぽくないほうが好きかなって」

「なにを言ってるんですか？」

「芽衣さんの好みの男になりたいって話です」

「なってどうするんですか。だいたい、わたし、お見合いについては昨日きっぱりはっきりお断りしましたよね？」

「俺は諦めませんって言いましたよね？」

言葉を出すに出せなくて、芽衣は口を半開きにしたまま護を見る。彼は相変わらずの微笑みを浮かべ、芽衣を見つめていた。

「もう少し、俺を知ってくれてからお見合いの返事を考えるのはどうですか？　芽衣さんはSPがあまり好きではないようですけど、芽衣さん好みの、さっぱりとした程よいSPになれるよう心がけますよ」

「わけがわかりません」

やっぱり変な人だ。そう思いつつも、クスリと笑ってしまった自分がいる。

聞いていなかった素振りをして、彼は芽衣がSPは好きではないと言ったセリフをちゃんと聞いていた。ズルいのに、怒れない。

なぜだろう。このわけがわからない決意表明のせいだろうか。

「芽衣さん」

柔らかな口調で、護は続ける。

「また、会いにきていいですか？」

お見合いの話にいい返事をするつもりはこれっぽっちもない。

「……いいですよ」

なのに、どうしてそんな返事をしてしまったのだろう。彼はＳＰなのに。


七月七日は七夕である。

短冊に願いごとを書き笹《ささ》に吊《つ》るす。お星様にお願いをするのだと言われて、心をくすぐられない子どもは見たことがない。少なくとも芽衣は、ない。

たいていの幼稚園、保育園、こども園ではこの行事がある。

七夕まつり会、もしくは、短冊にお願いごとを書く時間、だ。

「はーい、みんなー、お願いごとは書けましたかー」

芽衣がトーンの高い声をあげると、五歳児部屋、ちゅうりっぷルームのあちこちからいろいろな声が飛んでくる。

「できたー」

「まだー」

「かけたよぉ」

その場で短冊を読みあげる子、短冊に字ではなく絵を書く子、短冊を折り始める子。補助の先生に何個もお願いごとを書いてもらう子。

　ひらがなやカタカナ、自分が覚えている字で取り組む子もいれば、補助の先生に書いてもらった下書きをなぞって仕上げる子もいる。

　ちゅうりっぷルームは十二名。芽衣が受け持つのは教育プログラムや園外活動が多い。保育プログラムでは補助に回る。子どもがいるママ保育士がメインになっているからだ。

「めいー」

　元気な声で駆け寄ってきたのは竜治だ。見てくれといわんばかりに短冊を振り回している。

「書けたの？　見せてくれる？」

「でっかいこえで読んでもいいぞ！」

　張りきって差し出す水色の短冊。クレヨンで書かれた字は子どもらしく個性的な曲線を描いている。

　幼児期に多い鏡文字だ。ひらがなが左右反転している。それでも自信満々といわんばかりに大きく書かれた文字は微笑ましい。

　内容も実に微笑ましく、〝めいとけっこんする！〟と書かれている。

「竜治くん、元気な字だね～。失敗しないで書けたの？　すごい、すごいね、上手っ。よぉし、笹に下げにいこうっ」

「おぅっ」

内容には触れず、大きな窓から繋がるテラスを指差す。人工芝を張ったテラスには、笹の枝をくくりつけたポールが立てられている。部屋ごとに設置されていて、書いた短冊を下げられるようになっているのだ。

竜治も本当は内容に言及してほしかったのだろうが、すごい、上手、と手放しに褒められて満足してしまった様子。得意げな顔で芽衣のあとをついてくる。

「どこがいい?」

「字がめだつとこ!」

目をキラキラさせながら自己主張。字を褒められたのがよほど嬉しいらしい。鏡文字ではあったが、形は整っていた。正確に覚えたらすごく綺麗《きれい》に書けそうで楽しみだ。

目立ちそうな枝の先に短冊を結びつけている途中で、飛び跳ねながらそれを見ていた竜治が芽衣のそばから離れていく。視界の端に入れていると、竜治は浩太の腕を引っ張ってテラスに出てきた。

「つっ立ってねえで、できたんならめいのとこに持ってこなきゃだめだろ」

「でも、りゅう君がおわってからと思って」

「そんなん待ってたら、ちがうやつに先こされるぞ。はやく出さないとめだつとこに下げれないだろ」

「う、うん」

おとなしく順番待ちをしていたらしい浩太を連れてきたのだ。確かに浩太は遠慮がちなところがあるので、遊びでもほかの子に先を越されることが多々あるのだ。

竜治はよく、そんな浩太の背中を押してくれる。元気がよくて少々暴れん坊に見える竜治だが、友だち思いで優しい。

（みんな、いい子）

胸にじぃんとしたものを感じながら浩太の短冊を受け取る。補助の先生に書いてもらったものをなぞったようだ。その内容に一瞬息が詰まる。しかしそれを悟られないように笑顔を作り、明るい声を出した。

「いいねぇ、どこに飾ろうか？」

「うーんと……」

「オレのとなり！　めだつとこ！」

決められない浩太に代わって竜治が答える。本人にそこでいいかを確認し、短冊を結ぶ。下書きをなぞったたどたどしい文字が、風に吹かれて芽衣の視界で踊った。

――おとうさんが、ゆっくりお休みできますように。

浩太の父親は銀行勤めで忙しい。急いで子どもを車から降ろしてさっさと仕事へ行ってしまうように、帰りのお迎えもギリギリ、もしくは仕事で外回りの途中に迎えにきて祖母のところへ預けるのだとか。

それさえできないときは祖母が迎えにくる。日ごろ忙しい父親の姿を見ているから、休んでほしいという気持ちを持ったのだろう。

優しい子だなと思うのと同時に、芽衣の記憶の中で、いつも忙しそうに仕事へ出ていく亡き父親の後ろ姿が流れていく。

話したいことがたくさんあった、一緒にやりたいことも、行きたいところも。けれど、忙しそうな父を見ていたら、なにも言えなかった……。

――あの事件があってからは、よけい疎遠になっていた。

芽衣は静かに浩太の頭を撫でる。

「お父さん、ゆっくりできるといいね」

「うん」

ちょっと照れくさそうに、浩太が笑う。子どもがこんなふうに思っていることを、あの父親は知っているのだろうか。

浩太の頭にあった手を、竜治が両手で摑み自分の頭にのせて「へへっ」と笑った。

「めいー、オレも」

「はいはい」

竜治の頭をくしゃくしゃっと勢いよく撫でれば「もっとやさしく!」と注文が入る。そ

あゆむ

れでもその勢いのまま撫でると「めいーっ」と文句を言いたげに竜治が笑い、あとを追うように浩太も笑いだした。

楽しそうなテラスの雰囲気につられてほかの園児もやってくる。

子どもたちの笑顔のおかげか、顔を出しかけた幼いころの寂しさは胸の奥に引き返していった。

昨日、護が「また、会いにきていいですか?」と言ったことは覚えている。

とはいえ、いつ、と明言されなかったし、連絡先を交換したわけでもない。

会いにくるとすれば護の都合がいい日で、なおかつ芽衣の帰りを待ち伏せできる日、ということになる。

そんな日はそうそうないだろうと軽く考えていたのだが……。

「お疲れ様、芽衣さん」

……そんな日も、あったようだ。

仕事を終え、駅へ向かおうとしたところで護に捕まった。いかにも仕事帰りですといわんばかりのスーツ姿。軽く手を上げて微笑むその顔は、とてもおだやかだ。

(眉間にしわを寄せている顔を想像できない……。本当にSPなんだよね、この人)

「あの……堂島さん」

「『護』でいいです」

「堂島さん、お仕事は？」

「『護』って呼んでくれたら教えます」

「堂島護さん、お仕事は終わったんですか？」

折れずにフルネームで呼ぶと、おだやかな微笑がキョトンとした顔に変わる。貴重なものを見た気分になりながら彼の出方を待っていると、クスリと笑って再びおだやかな表情に戻った。

「今日の仕事は、芽衣さんが就寝したころに始まります」

彼はそれ以上を言わない。ただ微笑んでいるだけだ。――夜の闇にかくれて、普通の人間が知らなくてもいい仕事を遂行する特殊な人間だとは思えない顔で。

芽衣は軽く肩を上下させながら息を吐く。

すぐににこっと笑顔を作り、父兄と話すときのテンションになった。つまり外面を作ったのである。

「そうですか。お疲れ様です。お仕事開始時間まで、十分に身体を休めておいてくださいね」

「聞かないんですか？」

「なにをです?」

『なんの仕事?』とか『どうしてそんな時間から始まるの?』とか、……『今回のマルタイは?』とか」

　普通なら聞くだろう。護の仕事を知っているなら、興味深々で尋ねるに違いない。無駄なのに。

「聞いたって、絶対に答えないでしょう? 守秘義務です。特に、マルタイの話なんて家族にだってしないですよねー」

　SPが使う「マルタイ」は警護対象者のこと。おそらく護は相手が芽衣だから、この言葉を使った。専門用語を知らない人と話すときに、わざわざ使う言葉ではない。

「いいですね、芽衣さんは。そうやって笑顔で返してくれる。お父さんを思いださせるような話をするなって、怒らない」

「怒ってほしかったんですか?」

「芽衣先生になら怒られたいかな。かわいい声で『こらぁ』って」

「絶対怒ってあげませぇん」

　そんな話をしているうちに、笑いたくなってきた。本当のことをいえば、わざとらしくSPっぽさを出された気がしてイラつきかけたのだ。それを〝元気で明るい芽衣先生〟を意識して抑えた。

けれど彼がそれも踏まえて便乗してきたので、意固地になっている自分が滑稽に思えてきたのだ。

「今日は、保育園で七夕の催しとかあったんですか?」

「ありましたよ。園児に短冊を書いてもらって笹に吊るしました。おやつは七夕ゼリーでした」

「短冊、芽衣さんも書きました?」

「最後に書きました。〝みんなのお願いが叶《かな》いますように〟って」

「ほーお、すごいな。完璧に〝あるかんしえる保育園の芽衣先生〟だ」

「〝芽衣先生〟ですからっ」

腰に両手をあて、えっへんと自慢する。するといきなり片腕を取られた。

「よしっ、それじゃあ、〝高羽芽衣〟として、短冊を書きにいきましょう」

「はい?」

「仕事を抜きにして、〝芽衣さん〟だってお願いごとくらいあるはずだ。そうでしょう?」

「そんなもの……」

「本音のお願いごとを叶えて自分を満足させておかないと、仕事もなにも頑張れませんよ」

腕を引かれるまま足が動く。昨日と同じ駐車場に護の車が停まっていた。

「七夕祈願祭をやっている神社があります。行きましょう、せっかくお願いごとをする日なんだから」

助手席のドアを開けて芽衣を座らせ、自分は運転席へ回る。このまま一緒に行ってもいいものかとシートベルトを持ったまま迷ってしまった。

「楽しみです。俺、短冊にお願いごとを書くなんて、幼稚園以来かも」

妙に口調がウキウキして聞こえる。なぜかそれが園児たちのウキウキした様子と重なって、無意識のうちにシートベルトの金具をカチャっと留めてしまった。

（こんな無邪気な口調で言われたら……行かないとか言えないでしょうっ）

ちょっとした職業病かもしれない。

「短冊って、一枚だけですよね。二枚とか三枚とか書いちゃ駄目なのかな」

車が走りだすと、護は楽しそうに言う。そんなに七夕が楽しみなのだろうか。芽衣はスマホを取り出し、これから行く神社の名前を聞いて検索してみた。

なかなかに名の知れた神社だ。七夕にではないが、芽衣も友だちにつきあって行ったことがある。

（なんで行ったんだっけ……）

思いつかないまま、すぐに検索がヒットした。

「短冊の初穂料が決まっているし、一枚にしておいたほうがいいと思いますよ。そのほかにも星型の短冊とか願い文とかあるみたいで、それぞれ初穂料が設けられていますね。全種類一枚ずつ書いて初穂料を納めれば、何個かお願いごと書けそう」

「よし、それだっ。それでいこうっ」

妙に張りきる護を見て、思わず噴き出してしまう。

「なんですかっ、欲張りさんですねっ。園児だって一生懸命考えてお願いごとはひとつにするのに」

「ひとつ？　十個とか二十個とか、ないんですか？」

「ひとつです。一枚の短冊に、想いを込めるんですよ」

「真面目～。今の幼児って、どんなことをお願いするんです？　やっぱり、ヒーローになりたいとか、世界征服したいとか、勇者になるとか」

「園児のプライバシーはお話しできませんっ」

「芽衣先生も真面目ですね。それじゃ、芽衣さんは、なにをお願いしますか？」

「わたしですか？　ん～」

視線を上にして考える。星に願懸け。なにがいいだろう。仕事には満足しているし、特に大きな悩みもないし。スタンダードに一年健康でいられますようにとか。なんだか初詣のお願いごとみたいだ。

「そういう堂島さんこそ、なにをお願いするかよっく考えておいたほうがいいですよ。何個も書くなら別ですけど」

自分が思いつかないので、ひとまず護に振ってみた。何個もありそうだし、なにを書くのか聞いてみたい気もする。すると彼は照れくさそうに笑った。

「何個も、とは言いましたが、本当にお願いしたいのはひとつなので」

「なんですか？　SPなんか必要ないくらい平和になりますように、とか？」

「まさか。無理無理。俺の仕事がなくなるのはごめんです」

冗談めかして言ったのに、軽く笑われてしまった。思っていなくても、彼の立場上「そうですね」と言ったほうがいいのでは……とも思うが、正直な人だ。

「せっかくこの神社に行くんですから、お願いごとはこれしかないです」

「なんですか？」

「〝芽衣さんが、プロポーズをOKしてくれますように〟」

「なっ……」

なに言ってんですか、と言おうとして、唐突に思いだす。芽衣はスマホに目を戻し、検索していた神社の概要を確認した。

そこには、縁結び・幸せ結びのご祈祷《きとう》、とある。

（そうだ、縁結びで有名な神社だ、ここ！）

大学の友だちが好きな人に告白する決心をしたときに、ついていって一緒に参拝した。

確かお守りも買ったと思う。

告白は成功。卒業後に結婚し、現在一児の母だ。今でも会うと「あのとき神社についてきてくれてありがとう」と言われる。

もしや護は、ここが縁結びで有名な神社だと初めから知っていて誘ったのでは。

（やられた……）

気づくのが遅かった。すでにほぼ目的地である。

駅の近くの有料駐車場に車を停めれば、神社はもう目と鼻の先。歩いて三分といったところ。

「露店も出てますね。少しだけど」

駐車場を出てすぐ、通行止めになった道路沿いに露店が立ち並んでいるのが見える。神社にやってきた人をターゲットにしているのだろう。ほどほどににぎわっている。

ちょっと覗いていきたいな……とは思うが。まさか「露店を見にいきましょう」と自分から誘うのもどうかと思う……。

後ろ髪を引かれつつ、神社へ向かった。

鳥居をくぐって境内へ向かう。

途中の手水舎で手と口のお清めをすませると、すかさず護がハンカチを差し出してくれた。

「自分のを使いますから」

「手が水で濡《ぬ》れているでしょう。鞄《かばん》が濡れてしまいます」

「……すみません、お借りします」

ここは素直に従い、ハンカチを借りることにした。濡れてもさほど気にする必要もないバッグなのだが、せっかくの厚意だ。無下にしてはいけない。

「ありがとうございます」

ハンカチを返すと、護はそれを胸に抱いて感慨に浸る。

「芽衣さんが手を拭いたハンカチ……。今日はこれをお守りに、任務を遂行してまいります」

「いや……そんなものお守りにされても……」

責任重大すぎる。取り上げてやろうか。

「おっと、こんなことを言ったら取り上げられそうだから、大事にしまっときます。さあ、行きましょう」

考えを読まれてしまった。再び右手を取られ手を繋いで歩きだす。参拝者がたくさんいるせいか人の目が気になる。

保育園ではたくさんの子どもと手を繋いでいるのに、大人同士でこんなふうに手を繋ぐのは初めてかもしれない。

さりげなく手を外そうとするが、やはり彼の手は離れない。そうしているあいだに門をくぐり境内に入った。

「すごいな。いい眺めだ」

立ち止まり、周囲を見回す。たくさんの七夕飾り。本殿はライトアップされ、本殿の中にも短く切った竹にさまざまな模様が彫られ、中に電飾を施されたものが輝いている。

（あっ、ここにも露店がある）

境内の一角にも露店が並んでいる。先ほど後ろ髪を引かれたこともあり、ついジッと眺めてしまった。

しかし幻想的にも見える七夕飾りより露店のほうが気になってしまうなんて、気づかれたら恥ずかしい。芽衣は急いで口を開く。

「本当にすごいですね。七夕飾りって、こうやって見ると華やか……。ライトアップも綺麗」

「飾り？　ああ、本当だ。たくさんありますね。言われてみれば本殿の中に見える電飾も綺麗だ」

「……堂島さん、飾りつけを見て『すごい』とか『いい眺め』とか言ったんじゃないんですか？」

首をかしげると、護はクスッと笑って芽衣の耳元に唇を近づけた。片手をあてて、こそこそ話の体《てい》を作る。

「カップルがいっぱいで『すごいな』って。みんな幸せそうで『いい眺めだ』と思わない？」

改めて眺めると、カップルだらけだった。肩を抱いたり腰を抱いたり、ほぼ抱き合っているふたりもいる。

「こんなに幸せそうな人たちがいっぱいってことは、ご利益がある証拠かな。よし、短冊書きにいきましょう。やっぱり何枚か書こうかな。それと、露店も見ていきましょうね」

「ろ、露店、ですかっ？」

未練があったせいか、ドキッとした。

「参拝が終わったら寄っていきましょう。わたあめ欲しいので」

「わたあめ？　お好きなんですか？」

「糖分補給に持っていこうかなって」

「あんな大きいものをですか？」

「五つくらいにちぎってギュッと丸めたら、スッゴク小さくなるって知ってます？　ポケットに入れて持って歩けますよ」

「知りませんよ、なにやってるんですか」

想像したらおかしい。確かに小さくなるだろうが、それをポケットに入れて糖分補給なんて、間に合わせにも程がある。

「堂島さんって、顔に似合わず面白いことばっかりしますよね」

「顔に似合わずってなんですか」

「かっこいいのに、とぼけたことばかりするっていう意味です」

「へーえ」

護が芽衣の前に回りこむ。ちょっと意地悪に口角を上げた秀麗な顔が近づいた。

「かっこいい、って、思ってくれているんですか？　嬉しいな」

本人にそうやって言われると、当然のように出した言葉が急に恥ずかしくなる。かっこいいと言ってはいけなかったのだろうか。しかし実際、護はイケメンでかっこいい部類だと思う。

頬があたたかくなってくるのを感じて、芽衣は護から顔をそらす。

「堂島さんは、自分をかっこいいと知っているくらいなんだから、言われ慣れているでしょう。そう思って言ったんです」

「そうですね、言われ慣れてはいますが……」

言葉が止まったので、どうしたのかと目だけを向けると視線が合ってドキッとした。

「芽衣さんに言われて、とても嬉しかった。気分が上がって、……ドキドキしました。初めてです、こんなふうになるのは」

そんなことを言われたら、芽衣のほうがドキドキする。頬の熱が上がってきたとき、右手を取られた。

「行きましょう。短冊がなくなったら困る」

なくならないだろうと思いつつも「はい」と返事をして一緒に歩きだす。

彼の大きな手は、とても優しく芽衣の手を掴んでいた。いつでも振りほどける力の入れ具合だ。そのくせ手を外そうとした瞬間に力を入れられる気もする。

繋いだ手に「逃がしませんよ」と言われているような気がして、その気がないはずの芽衣でさえ照れくさい。

イケメン効果おそるべしっ、というものだろう。

社務所のうしろに白い屋根のテントやテーブルが並んでいて、そこで短冊を書くようになっていた。

「やっぱり欲張りさんじゃないですか。お願いごと、たくさんあるんですか？」

「全部同じことを書きます」

「同じ……」

「〝芽衣さんが、プロポーズをＯＫしてくれますように〟って」

ぎゅん……と、胸の奥で鼓動とは違うなにかが飛び跳ねた。困る。顔が好みなだけに、こういうことを言われてしまうと本当に困る。護と結婚する気はないのに。

弾む鼓動を抑えつけるのに必死だ。このままではマズい。彼と距離を置かなくては。

「ど、堂島さんがSPを辞めてくれるなら、考えてもいいですけどっ」

ドキドキを抑えようとして口に出してしまった言葉は、なんだか意地悪だ。それなのに護は楽しげにアハハと笑う。

「この仕事が好きだから、無理かな。まあ、そのうち『SPの護さんが好き』って言わせます」

「言いませんっ」

ムキになると護はまたもや声をあげて笑う。彼を突き放すためとはいえ、自分が言ったセリフが恥ずかしくなってきた。「SPを辞めてくれるなら」なんて、子どもの我が儘《まま》みたいだ。

彼は「この仕事が好きだから」と言った。芽衣だって、保育士を辞めろと言われたら「好きな仕事だから無理」と答えるだろう。冗談でも「なら辞めます」とは言わない護にかえって好感を抱いてしまう。

（お父さんも仕事好きだったな）

用意されていた短冊はカラフルで、すべてパステル系の色で統一されていてとても綺麗だ。短冊を書くときは、用意されている小さな賽銭箱《さんせんばこ》へ初穂料を入れるようになっている。

「綺麗な短冊。これなら、本当に何枚も書きたくなっちゃう」

「書いていいですよ。十枚くらい書きますか」

護がスーツから財布を出したので、芽衣も慌ててバッグから財布を取り出した。

「自分のぶんは出しますから」

すると、護は芽衣に向かって手のひらを立てる。

「俺が出します」

もしや、女に金を出させるのは男のプライドが云々《うんぬん》と考えるタイプなのだろうか。初対面で面倒くさいタイプだと思ったのは間違いではなかったのか。

護はまたもや内緒話のスタイルで小声になる。

「実は今、小銭がないんです」

芽衣があっけに取られているあいだに、護はさっさと千円札を賽銭箱に入れ、短冊を二枚取って芽衣に一枚差し出した。

「はい、どうぞ」

色はパステルピンク。護のはパステルブルーで、お揃《そろ》いっぽい。

「ありがとうございます」

素直に受け取り、備え付けのサインペンを手にする。ここで問題発生である。

――なんて書こうか……。

縁結びにご利益があるといわれても、今のところ猛烈に結婚したいわけでもないし、候補として挙がっているのはなにを間違ったか結婚をご遠慮したい職業ナンバーワンのＳＰだ。

ＳＰ以外でいい人に出会えますように。……では、さすがに嫌みっぽい。
「なんでもいいんですよ。お願いごとなんて。〝明日いい日になりますように〟でもいいんだ」

護が自分の短冊を書きながらサラッとアドバイスをくれる。少し考えた芽衣だったが、思いついたものを書きこんだ。

書いた短冊は笹に下げるのではなく、専用の納め箱に入れる。神社のほうでまとめて成就祈願をしてくれるのだ。

「なんて書いたのか、見てもいいですか？」

そう言いながら、護は自分が書いたものを見せてくれる。言われたとおりのお願いごとが書かれていて、本当に書いたんだと照れてしまった。

どうして護はこんなにも芽衣に固執するのか。ちょっと不思議に感じる。

「がっかりしないでくださいね」

「しませんよ。たとえ明日の朝ご飯に食べたいものが書いてあってもがっかりしません」

「ご飯じゃないです」

両手で持った短冊を表にする。隣に立った護が覗きこんだ。

――みんなが幸せになりますように。

納め箱に入れると、なんとなく充実感がある。なんであれ、お願いごとを表に出すのはいいことなのかもしれない。

「芽衣さんのお願い、叶うといいですね」

「そうですね」

護のお願いに関しては言及しづらい。芽衣が「叶うといいですね」と言えることではない。

「ありがとうございます。芽衣さん」

すると、護に礼を言われた。芽衣は不思議そうに彼を見る。

「芽衣さんのお願いが叶うということは、俺も幸せになれるってことでしょう？　俺のお願いも叶うってことかな、って」

「あっ」

まさかそう受け止めるとは。都合のいい解釈だが、そういう考えかたもある。芽衣は戸惑いつつ笑ってみせた。

「そうですね。お願いが叶うかはわかりませんが、幸せになれますよ」

「それは嬉しい」

芽衣の手を取り、護は本殿へ足を向ける。

「参拝していこう。お願いの駄目押しだ」

「欲張りさんですね。って、堂島さん、短冊は？　何枚か書くんじゃ……」

「芽衣さんが幸せになれるようお願いしてくれたから、大丈夫」

芽衣のおかげと言わんばかりの口調で、少々買いかぶりすぎとも思う。しかし悪い気分じゃない。

本殿で参拝し神社を出ることになったのだが、呆れたのは護がちゃんと賽銭箱に小銭を入れたことである。

「小銭あるじゃないですか」

責めた口調で芽衣が言うと、護はにやっと笑う。

「かっこいいって言われた手前、かっこつけたいものなんですよ、男は」

ちょっとおどけた口調がおかしくて、芽衣は声を出して笑ってしまった。

参拝がすんだあとは、予定どおり露店へ足を向ける。

そんなにたくさんではないが、お祭りの定番の店が軒を連ねていた。

「もう少し山にできそう？　うん、おおっ、すごいっ、プロですね、お姉さんっ。素晴らしい技ですよ。お姉さん、この道何年ですか？　わああ、すごい、富士山より高いっ」

かき氷屋の前で大げさな声を張りあげているのは……護である。かき氷機でカップに削り氷の山を作っている六十代の「お姉さん」に声援を送っている。芽衣はそれを少し離れたところから見ていた。

（この人……黙っていれば超絶イイ男なのに……。調子にのると意外と三枚目だな）

もしかしたらお調子者なのだろうか。面倒くさい人、というか、調子にのると面倒くさい発言をする人、なのだろうか。

「ありがとうございます。こんなに山盛りにしてもらって嬉しいですよ。俺、女性にこんなに親切にされたの初めてですっ」

「あんた、いい男なのに口が上手いねぇ、詐欺師かなんかかい？」

「警察関係です」

「やっぱ詐欺師だ！」

ふたりでアハハと声をあげて笑う。

同じ店の中にいる、その筋の人に見えなくもない大柄な男性まで大笑いである。おまけに「やベーな、オレ、とっ捕まる」と言う始末。

（いや！　そこ！　笑ってる場合じゃないっ！）

ひやひやしながら見守っていた芽衣のところに戻ってきた護が、かき氷のカップをひとつ差し出した。

「はいどうぞ。暑いときはかき氷ですよね、やっぱり」

「堂島さんを見てると、体内が冷えます」

「クールでいい男だから？」

「……お調子者って言われませんか？」

「ムードメーカーとは言われます。警視庁内でも、結構人気者なんですよ」

「なんか、……わかります」

爽やかで面白い男はモテる。その典型みたいな人だ。

かき氷のカップを受け取り、ざっくり刺さっているストロースプーンをゆっくりと引き出す。

これでもかというくらい氷が山盛りだ。おだてていただけかと思ったが、「この道何年ですか」と褒めていた護の気持ちがわかる。

芽衣がイチゴ、護がメロン。気をよくした「お姉さん」がブルーハワイをおまけしてくれたようで、シロップが二色になっている。

ふたりで同時にパクッと口に入れると、一瞬にして口の中から冷たさが染み渡る。

「んんんん〜〜〜〜」

「ひぁぁぁぁ〜〜〜〜」

先が護、あとが芽衣。同時にうめき、顔を見合わせ同時に笑いだす。そのまま歩きだした。

「なにうなってるんですか〜堂島さんっ」

「芽衣さんこそ、『ひぁぁ』って」

「高い声を出すとこうなっちゃうんです」

「声がかわいすぎでしょう」

「保護者の方、特に父兄の方には、たまに〝萌え声〟って言われます。不本意ですけど」

「父兄……男ですか？　おかしなことをされたら助けにいきますから呼んでください」

「なんですか、おかしなことって」

「芽衣さんには刺激が強すぎることです。ところで、美味しいですね、かき氷」

食べながら歩くなんて行儀が悪い。それでも、露店が立ち並ぶ場所では許される気になってしまうから不思議だ。

「美味しいですね〜。見たときはこんな山盛り、食べられるかなって思ったんですけど、もう結構食べましたよ。ほら」

自慢げに見せるものの、護は芽衣よりもっと食べている。

「スプーンが大きければとっくにないんですけど」

「そんなに早く食べたら、頭がキーンってなりますよ、キーンって。あれ、痛いですよね、だから、冷たいものはもっとゆっくり……」

慌てる芽衣を見て護は楽しそうに笑う。

「ありがとう。そんなに心配してくれて」

自分でも、なにをそんなにムキになっているんだろうと思う。冷たいものを食べて頭がキーンとしてしまうなんて、たいていの大人が知っていることだ。

わざわざ芽衣が言わなくたっていいのに。

「あー、ちくしょー、まただぁ」

どこからか悔しげな声が聞こえる。顔を向けると若い男性が射的台の前で地団駄を踏んでいた。

「もう少しだったのになー」

「もうやめなよ。無理だよ」

「もう一回……」

「だからやめなって。アクスタ欲しいって言ったあたしが悪かったたっ」

隣に立っているのは彼女だろうか。同い年くらいの女性。ともに大学生っぽい。どうやら彼氏が彼女のために射的にチャレンジするも失敗、何度かリベンジして今のところ全敗らしい。

こういうゲームは引き際が肝心だ。見失えばどこまでも手を出してしまう。

「おっ、射的ですね～」

護が射的台のほうに歩いていく。景品が並ぶ台をジッと見て芽衣を手招きした。

「欲しいものありますか？」

「そんな、いいですよ。多分ないし」

射的の景品をじっくり見たことはないが、たいてい昔ながらの玩具が並んでいて、そんなに欲しいと思えるものはなかった覚えがある。

護に近寄りつつ景品台に目を向け……ハッと息を呑《の》んだ。

朝の子ども番組で人気のキャラクターぬいぐるみが置かれている。それも三体セット。これは貴重だ。

保育園の玩具箱にも入ってはいるが、全クラスにではない。低年齢ルームとお預かり教室をメインに玩具の配分をしているので、ちゅうりっぷルームにはないのだ。

(あったら、みんな喜ぶだろうな。でも取り合いになっちゃうかな。それならいっそないほうがいいか)

とは思いつつ「いや、ちゅうりっぷルームはみんないい子だから、仲よく使える!」といいほうに考えてソワソワしてしまう。

だが、三体セットなので結構大きい。絶対取れるはずがない。

おそらく景品がのっている台から少しでも落ちればOKなのだろうが、コルクの弾があたったくらいではびくともしないのではないか。

「彼女さん、ほら、イケメンの彼氏さんが欲しいものを聞いてるよ」

客を獲得できるかは芽衣のひと言次第と思ったのだろう。ガタイのいい店主の男性が近寄ってきた。

護が笑顔で景品台を指差す。

「さしずめ、あのぬいぐるみあたりかな。あれ、子ども番組のキャラでしょう?」

「おっ、彼氏さんわかってるねぇ。さすが彼女さんの気持ちはお見通しだね。さすが～、愛の力っ」

悔しがっていた大学生カップルの彼氏も、こうやってのせられたのだろうか。突如やってきたイケメンに驚いたのか、身動きせずに護を見ている。

おまけに「彼氏さん」だの「彼女さん」だの「愛の力」だの言われて、すっかりその気になったのか芽衣の返事を聞く前に一回分の料金を払ってしまった。

「はいはい～、かわいい彼女さんに、いいとこ見せてあげてね～」

店主は余裕だ。絶対取れないのをわかっている。こんな口車にのせられないでほしい。

心配そうな目を向けると、射的用の銃にコルクを詰めた護が芽衣を見てにこりと微笑んだ。

「心配しないで」

とくん……と、鼓動ではないなにかが脈打つ。

護は正面を見ると銃を構える。大学生カップルや店主が驚いた顔をしたのは、直立した彼が片手で構えたからだ。

普通は両手で持って台に肘をついて固定する。それが、銃身をぶれさせない一番の方法なのに。

刹那、今まで見えていたムードメーカーの影が消えた。その横顔にひきつけられ、芽衣は目が離せない。

ひときわ大きく、コルクの発射音とは思えない大きな音が発せられ……目指していたぬいぐるみにあたる。

しかしものが大きすぎる。

台座から落ちることはないだろうと思われたが、回転するように後ろに大きくかたむき……。ズル……っと、滑り落ちた。

「ええっ！」

「落ちた！　すげえ！」

「おちたぁ！」

店主は驚いて身を乗り出し、大学生カップルは大興奮だ。おまけに銃を構えたイケメンを観賞していたらしい外野から拍手まで湧き起こった。

「いやー、彼氏さん、すげえな」

店主は感心しつつ景品を大きな袋に入れて渡してくれる。護はそれを受け取ると、残りの弾を大学生カップルの彼氏に譲り、溶けてしまったかき氷の液体を一気飲みする。殻をそばのゴミ箱に捨て、芽衣の手を引いて店から離れた。

「ほら、心配いらなかったでしょう」

大きな袋を掲げてみせる。芽衣もすっかり溶けてしまったかき氷をごくごくと飲み干し、大きく息を吐いた。

「びっくりしました。絶対取れないと思ったのに……」

通りがかりのゴミ箱にカップをぽいっと捨てる。

「俺、警視庁の中でも射撃の腕は上位なんです」

「それは……なんとなく、射撃が上手いんだろうなとはわかりましたけど、でも、よく落とせたなって……」

「射的用の銃は、簡単な仕掛けの空気銃ですから。ちょっと強く飛ばすコツがあるんですよ。あとは銃をぶれさせなければいい」

「簡単に言いますね～。でも簡単じゃないでしょう。みんなそれができたら射的屋さんは商売あがったりですよ」

「確かに」

アハハと笑い、腕時計を確認する。爽やかな護の笑みに寂しさが混じって、ドキッとした。

「そろそろ時間的に限界かな。家までお送りしますよ」

「わたし、電車で帰りますよ、すぐ駅だし」

「送らせてください。こんな大きな袋を提げた芽衣さんをひとりで帰らせるなんて、心配でたまりません」

それは、過保護というものではないのだろうか。神社を出て駐車場へ向かう。

「本当は、お土産代わりになにか買えたらなと思ったんですが……。たこやきとか、焼きそばとかクレープとか。お祭り帰り、みたいなもの」

「そういえば、食べ物屋さん、少なかったというかあまり見かけませんでしたね。わたあめもなかったし」

「残念です」

駐車場の近くにも露店が並んでいたが、今からでは見にいけない。

「あの……わたあめの代わりに、これ……」

芽衣はバッグの中から小さなパックを取り出す。ビニールでラッピングされた琥珀《こはく》色の固体が五個ほど入った袋だ。護に差し出し、控えめに笑う。

「べっ甲飴《あめ》なんですよ。わたあめを丸めるより、いいんじゃないかと思いますから。お仕事のお供にどうぞ」

「この飴は、いつ……」

「あっ、堂島さんがかき氷屋のお姉さんとお話ししているとき、向かい側がべっ甲飴屋さんだったんです。棒が刺さったものはジャマだろうし、これならいいかなって思って」

袋を持った手で、護が飴を受け取る。真剣な顔で芽衣を見つめた。

「芽衣さん」

「はい」

「すごく嬉しくて、芽衣さんをお姫様抱っこして嬉しいと叫びながら走り回りたい気分なんですが……」

「……通報されそうだから、やめてください」

護の硬い表情が、ふわっと溶ける。その変化に、正体不明の鼓動が高鳴った。

「ありがとうございます。とても嬉しいです」

「い、いいえ、神社に連れてきてもらったお礼というか。露店でお祭り気分も味わえたし」

「お祭り……。そうか、お祭り……」

なにかを思いついたらしく、護のトーンが上がる。

「芽衣さん、花火大会、行きましょう」

「はい？　花火？」

お祭りの話ではなかったのか。なんだか話が飛んでいる。

「月末に、大きな花火大会があるでしょう。あれなら露店もたくさん出るし。花火も見られてお祭り気分も味わえる。いいと思いませんか」

七月の終わりには河川敷で大きな花火大会がある。それのことだろう。

「それと、近いうちに食事にいきましょう。和食と洋食、どちらが好きですか？　あ、中華もあるか」

「飛ばしすぎですよ。花火大会の話をしているのに、いきなり食事もって」

「こうやって約束しておけば、堂々と芽衣さんに会いにこられます」

　繋いでいた手に力がこめられる。今までは離れない程度に握っているだけだったのに、急に護の手の熱が伝わってきた。

　駐車場の車の前で立ち止まり、護の視線が芽衣から離れない。そのせいか芽衣も彼から目をそらすことができなかった。

「楽しみですね」

「……はい」

　ほかに、どんな返事ができただろう。こんなに楽しみにされたら断れない。護が「もっと自分を知ってから見合いの返事を考えてほしい」と言うから一緒に過ごしてみる、それだけだ。決して結婚がＯＫなわけじゃない。

　そう思いつつ、芽衣の部屋の壁掛けカレンダーには、月末の花火大会の日に大きな丸がついたのである。

第二章　トラウマの解放

とうとう、護と連絡先の交換をしてしまった。

食事にいくにしても花火大会に行くにしても、いつも護が仕事帰りの芽衣を待ち伏せしているわけにはいかない。

護だって、昼日中にばかり働いている人ではないし、芽衣の父と同じなら休みだって不定期のはず。その休みだって、いきなりなくなることがある。

連絡手段がなければ、安心して約束などできない。

そんな必要最低限の連絡用にと芽衣は考えていたのだが、護からは毎日のように連絡がきた。

お見合いをしたとはいえ、まだ知人程度の間柄である。毎日電話をするのは重いと配慮したのか、毎朝メッセージが飛んでくるようになったのだ。

〈おはようございます。今日も一日頑張ってください！〉

事務的なひと言だが、かえって受け止めやすくていい。スーツ姿のキリッとした男性が敬礼をしているデフォルメされたイラストのスタンプが押されている。

それなので芽衣も、重くならないように事務的に返す。

〈おはようございます。堂島さんもお仕事頑張ってください〉

残念ながら保育士ふうのスタンプは持っていないので、かわいいペンギンキャラが「お仕事頑張ってエライ」と褒めているものを使った。

煩わしさもなく、相手の存在を意識できる程度の距離感。三日も続くと、毎朝返信するのが日課のようになってくる。

そうなると困ったもので、いつもの時間にメッセージがこないと気になるようになった。こちらから出してみようかとソワソワしていると、狙いすましたように入ってくる。

ホッとしている自分がなんだか悔しい。彼とこれ以上親しくなったって、明るい未来なんて描きようがないのに。

父が亡くなったとき肩を震わせて泣いていた母を思いだし、胸に刺すような痛みが走る。

本当はもう、護には会わないほうがいいとわかっている。

——命をかける仕事をしている人と、幸せになんてなれるはずがない。

食事の約束は、神社に行った翌週に予定を入れた。ちょうどその日は護が非番で休みなので、絶対に大丈夫とのこと。

その翌日は芽衣がシフト制の休みになっている。保育園は日曜日と平日一日の週休二日体制だ。

とはいえ、非番でも駆り出されていた父を知っている。それがどんなに大切な日であろうと、仕事優先。期待なんかしないほうがいいのに。

そう思っていても……。

その日が近づくごとに、鼓動が高まっていくのを否定することはできなかった。約束の日ともなると、朝の挨拶のメッセージにお断りの文言が入るのではないかとドキドキしたくらいだ。

しかし、いつもどおりの文面を見てホッとしてしまう自分の気持ちが、わからなくなってきた。これではまるでデートを楽しみにしているみたいだ。

「芽衣先生ー」

名前を呼ばれて振り向くと、真奈美が歩夢の手を引いて近寄ってくる。

保育園近くにある、大きな噴水と水路が整備された公園。本日午前の活動は園外保育、戸外遊びである。ちゅうりっぷルームの園児十二名を真奈美と芽衣、補助の先生の三人で引率するのだ。

　このくらいの年齢になれば行き帰りも自分の足で歩いてくれるし、ある程度周りにも気をつけられるようになるが、三歳くらいまではキャリーワゴンに乗せて公園へ連れていく。かなり重くなるので、男性職員のお手伝いが必須である。

　芽衣は水路で遊ぶ子どもたちを見ていた。水路といっても浅く、足の裏を浸して遊べる程度の水が流れている設備で、手軽に涼が取れる。小さな子どもの水遊びにはちょうどいい。

　しゃがんだ格好のまま、目の前に来た歩夢に声をかける。

「歩夢くん、お水で遊ぶ？」

「うん」

　返事と一緒にうなずいてから、こそっと左右を見る。本人は気づいていないかもしれないが、これは歩夢のクセだ。

　母親が言うには、父親が近くにいないか、どこかで自分を見ていないか、確認しないと不安で仕方がない気持ちからくる行動らしい。

　彼の父親を犯罪者扱いしてはいけないとは思うが、事情が事情だ。連れ去りなどが起こらないよう、歩夢が園外活動で外に出るときには特に目を離さないようにしている。

先ほどまでは遊具にいたので、真奈美が見ていたのだ。

真奈美が遊具のほうに戻り、芽衣が歩夢の靴を脱がせて準備をしていると勢いのいい水音が聞こえてきた。

「あゆむー、こっちきたのかぁ！」

竜治である。すでにTシャツも髪もびしょ濡れだ。いつものことではあるが、普通に遊べば足しか濡れない水路で、よくここまでびちゃびちゃになれるものだ。

なので、使う、使わないは別として、お着替えの用意は必須なのである。

「水が出てるとこ、すっげえつめたいんだぞ。あゆむも行こうぜ」

「うん。りゅうくん、びちゃびちゃだよ、だいじょうぶ？」

「こんなのびちゃびちゃなうちにはいんねーよ」

竜治は大きな声で笑う。そんな元気いっぱいの園児を微笑ましく眺めながら、芽衣は心の中で盛大につっこむのだ。

(びちゃびちゃだよ！　十分びしょ濡れだからね！　君だけまたお着替えだよ！　先日君のお母さんが『うちの子、お着替えの補充がすごく頻繁な気がするんですけど……』って心配してたよ！)

そんな芽衣の心の声が伝わるはずもなく、竜治は悪戯っ子の笑顔で芽衣に手を振る。

「めいー、オレのきがえ、出しておいてくれな！」

「うん、わかってるよー。今日もお着替えだねー」

「へへ、オレもわかってるぜっ。しんぱいしなくても、オレのきがえはめいにやらせてやるからな」

そう言い残し、歩夢の手を引いて水路を走っていく。芽衣は言葉を失うあまり「危ないから走っちゃ駄目だよ」と言うのも忘れてしまった。

（いや、別に……指名してくれなくてもいいよ）

はあっとため息をついて、水路で遊ぶ子どもたちを眺める。水を蹴って上がる飛沫《しぶき》に大はしゃぎ。手のひらに水をつけ、お友だちの頬にあてて「つめたーい」と笑いあう。

実になごやかで、いい。

見ていると心が洗われる。お着替えが頻繁なくらい、元気でいいじゃないかと思えてくる。

子どもたちが遊ぶ姿を眺め、ふと、違和感を覚える。

――人数が、足りない。

芽衣は立ち上がり、改めて子どもたちを目で追う。水路で遊んでいたのは六人。歩夢が入って七人になった。けれど……。

（六人……しかいない？）

誰がいないのだろう。ひとりひとりを目で追う。すぐに浩太の姿が見えないのだと気づいた。

歩夢を連れてきた真奈美に呼ばれる前は確かにいた。竜治と水飛沫の大きさを競っていたのを見ている。目を離したあいだに水路から出てどこかに行ったのだ。

水路遊びをする園児の靴とタオルは全員のぶんが芽衣のそばに残っている。靴も履かない裸足のまま、浩太はどこへ行ったというのだろう。

「竜治くーん」

水路に沿って移動し、園児たちが遊ぶあたりで立ち止まる。呼ばれた竜治が笑顔を向けてきた。

「なんだー？　めい、オレに会いたくなったのか？」

「あ、うん、それもあるけど、浩太くん、知らないかな？」

「こうた？　オレよりこうた？」

ちょっとムッとした顔をする。自分より優先する男がいるのが許せないらしい。いつもなら竜治のご機嫌があっという間に直る気の利いた言葉のひとつも思いつくのだが、今はそんな場合ではない。

「浩太くん、姿が見えないでしょう？　さっきまで竜治くんと遊んでいたよね？」

「そういや、あゆむがきてから見てないな」

「いないと困っちゃう。誰か浩太くんを見なかった？」

「こまる？」

困る、に反応したようだ。竜治は遊んでいる友だちを振り返った。

「おーい、オレのめいがこまってんだ！　だれかこうたを知らないかー！」

相変わらずの「オレのめい」呼び。ちゅうりっぷの園児たちも慣れたもので、誰も異を唱えない。

「こうたー？」

「まなみせんせいのとこじゃないの？」

「さっきあっちにはしってった」

ひとりの子が、遊具がある場所ではない方向を指差す。その先には公園を囲むガードレールや植え込みがあるだけ。そしてその向こうは歩道と車道だ。

まさか道路に出たのでは。見にいきたいが、それにはこの場を離れなくてはならない。

芽衣はかがんで竜治と目線を合わせると、顔の前で両手を握り合わせてお願いポーズを取った。

「竜治くん、先生、あっちに浩太くんがいないか見てくるから、お友だちがここから動かないように見ていてくれる？　そうしてくれたら、先生、とっても嬉しいっ」

園児が好む甲高い声で繰り出されるお願いは、幼い男児の心を鷲《わし》掴みにしたようだ。一瞬にして真っ赤になった竜治は両手に握りこぶしを作り、振り返って叫ぶ。

「おーい、みんなー、うごくなー！　だーるまさんが、こぉろんだ！」

動くな、とはそういう意味ではないのだが、動かないに越したことはない。

「ありがとう、竜治くん！　頼りになるぅ！」

背を向けてダッシュしながら竜治を褒める。きっと今ごろ、「へへっ」と鼻をこすりながら悦に入っていることだろう。

道路に出ていたら大変だ。勝手にそんなことをするタイプではないが、なぜ靴も履かずなにも言わず水路からいなくなったのか。

浩太は手のかかる子どもではない。聞き分けもいいし、指示にもよく従う。それでもいなくなったということは、よほどのことがあったということだ。

ガードレールに近づきかけて、足が止まる。手前の植え込みの陰に、小さな姿を見つけたのだ。

膝をかかえ、身体を縮こまらせて震えている……。

「浩太くん！」


浩太は怪我をしていた。

転んで擦りむいたような傷が手と脚に数ヶ所あり、傷口から血が広がり土や埃《ほこり》で汚れている。水で洗ってすむ状態ではなかったため、芽衣は真奈美に相談し園に連絡を入れて、すぐ浩太をおぶって園に戻った。

勝手に行動したことを怒られると思ったのか最初は萎縮して口を開かなかった浩太だったが、芽衣がひと言も怒らず「大丈夫？　痛かったね、怖かった？」とひたすら自分を案じてくれることに安心したのか、園に戻り、保健室で傷の手当てを始めたころポツリポツリと話し始めた。

「おとうさんの、おしごとの車、見えたから……」

遊んでいるとき、公園の外の路肩に父親が仕事で使っている車が見えたらしい。本当に浩太の父親が乗っていたのかはわからないし、単に似ていただけだったのかもしれない。

それでも浩太は、父親の車だと思いこんだ。

「おとうさんが……ぼくのこと、見にきてくれたのかなって……」

浩太の父親が保育園の親子行事に参加したことはない。運動会も親子遠足も、参観日も。

父親は仕事が忙しいからと、幼いながらにそれを理解し、受け入れていた。

けれど、本当は父親にいてほしいときもあっただろう。運動会で一等賞を取ったとき、親子遠足の記念撮影、参観日には必ず行われる子どもたちの作品展。

それだから、似た車を見つけて、とっさに父親だと思ってしまったのだ。――遊んでいるところを見にきてくれたんだ、と。

浩太が車に駆け寄る衝動に駆られたとき、ちょうど芽衣が歩夢に構っていて視界から外れていた。本当に、一瞬の隙に起こったことだったのだ。

「でも、ちかよったら行っちゃった……。おとうさんじゃなかったのかな……」

靴も履かずに走り、ガードレールを超えたところで車は走り去ってしまった。父親じゃなかったのかとガッカリしたところで、芽衣に断りもなくそばを離れてしまったことに焦り、慌てて戻ろうとした。

しかし慌てたせいでガードレールを跨《また》ぎきれず、引っかかって盛大に転んでしまった。ガードレールの周囲には玉砂利が敷かれている。たくさんの擦り傷はそれでできてしまったものだ。

痛くて大声で泣きたかったが我慢したのだろう。勝手な行動を取ってしまったうえに怪我をしたなんて、絶対に怒られると思って怖くなったらしい。

芽衣が見つけたとき萎縮していたのは、そんな経緯があったようだ。

「ごめんなさい、せんせい……」

浩太はすっかり自分が悪いのだと落ちこんでいる。手足のガーゼや絆創膏《ばんそうこう》がやけに痛々しく見えた。

芽衣は浩太の頭を撫で、覗きこむように顔を見る。

「給食、食べられる？　お部屋で食べる？　保健室で食べてもいいよ？」

「おへや……。おともだちと、たべる」

「うん、わかったよ」

浩太の頭から手を離し、笑顔でじっと顔を見る。浩太がやっと顔を向けてくれたのを確認して、静かな口調で言い聞かせた。

「今度、お外でお父さんの車を見つけて駆けつけたくなったら、大きな声で先生に教えて。先生がほかのことをしているから迷惑になるとか考えないで。先生が、浩太くんがどこにいるのかいつもわかるように」

浩太は素直に首を縦に振る。小さな頭をくりくりっと撫でて、芽衣は浩太をちゅうりっぷルームへ連れていった。

給食の準備をし終えたところで、浩太の父親に連絡を入れる。園児が怪我をしたときは、迅速に保護者に伝えなくてはならない。

大きな怪我であれば、病院へ連れていくか判断を仰がなくてはならないときもある。今回はそこまでではないものの、預かっている子どもが怪我をしたことには変わりがない。

しかし応答がない。昼食の時間ではあるが仕事中かもしれない。時間を改めることにした。

お昼寝準備がすんだところで再度連絡を入れる。やはり応答がない。せめて留守番電話になってくれたらひと言入れられるのだが、それもなかった。仕方がないので第二の連絡先になっていた祖母に電話をしてみるが、こちらも応答なし。

お昼寝時間のあと、おやつの前に浩太のガーゼや絆創膏を保健室の看護師が換えてくれた。出血は止まっているようなのでひとまず安心である。

おやつの片づけを終えて、同期が歯磨き指導を代わってくれたので連絡を入れてみるが……。

やはり応答がない。もしや、携帯電話を手元に置いていないなどで着信に気づいていないのだろうか。

仕方なく緊急連絡先に指定されている勤め先の銀行に電話をしてみた。さすがに応答なしということはなく、事情を話すと、対応してくれた女性行員がとても親切で、すぐに連絡を取りますと言ってくれた。

安心して帰りの会をすませると、その女性行員から「連絡がつきましたからご安心ください」と電話がきた。おまけに「お子さんを預かっていると大変ですよね。頑張ってくださいね」とねぎらいまでもらい、少し泣きそうになってしまったのだ。

ただ、父親は取引先に向かっている途中なので、電話がいくまで少しかかるかもしれないとのこと。

浩太が怪我をしたことは伝わったようだし、それだけでもありがたい。受話器を持ちながら何度も何度も「ありがとうございます」と頭を下げ、芽衣はお見送りのために園舎を出たのである。

降園は、園バスか保護者のお迎え。バスが回れる地区は限られているので、ほとんどがお迎えだ。

専用門で、保護者が迎えにきた順に園児を呼び出す。早番のときはお迎えの仕事があり、中番と遅番のときはお見送りの仕事がある。

「さようなら。また明日、元気なお顔を見せてね」

母親の手に摑まった三歳児クラスの女の子に笑顔で声をかける。ニコニコして手を振ってくれるのがとてもかわいらしい。

「そうだわ、たんぽぽの先生に伝えておいてもらえる？」

思いだしたように母親が話し始める。たんぽぽルームは三歳児クラス。担当ではないクラスの連絡は、できる限り伝言ではなく連絡帳に書いてもらうようにしているので、その旨口にしようとするが母親は早口で話を続けた。

「お箸、ちゃんと持てるように指導してくれないと困るわ。先日も夫の母親に『箸が正しく持てていない』ってネチネチ……厳しく言われちゃって。箸で食べられるんだからいいっていうものじゃないし、持ち方も、ねえ」

チラッと女の子を見ると、下を向いている。自分の話をされているのがわかるのだろう。箸の持ち方で、いやな思いをしたのかもしれない。

「お箸は、大人でも難しいですよね。園では三歳から給食時にお箸をスプーンやフォークと一緒に出しますが、興味を持った子から始めていくといった感じです。持って食べられるようになっても、ちゃんと形になってくるのは五歳六歳あたりが多いですね」

やんわりゆっくり、相手を刺激しないように話す。おそらくこの母親は、子どもが箸を上手に持てないから困っているのではない。義母にネチネチ言われることに困っているのだ。

「子どもの成長速度はさまざまですから。じっくりゆっくり、お子さんに合わせて見守りませんか？　もちろん、指導は続けますので」

一瞬母親が険しい顔をしたのでヒヤッとしたが、諦めたようにため息をついた。ただイラつきは収まっていないのか、無言のまま子どもの手を引いて歩きだす。

母親に引っ張られて歩きながらも、女の子が振り向いて手を振ってくれた。

「ばいばーぃ」

「はーい、ばいばい、また明日ね」

芽衣も笑顔で応える。母子の姿が見えなくなると、スッと笑顔が落ちた。

（……箸って……三歳の子に箸をちゃんと持てって……。嫌味のネタに使う義母も義母だよなあ……）

他人の家庭ながら、イラっとする。子どもを大人の事情で振り回さないでほしい……。

「顔が怖いよ、芽衣センセっ」

ポンッと背中を叩かれハッとする。顔を覗きこんできたのは真奈美だった。

「す、すみませんっ」

両手で頬を挟み、口角と一緒に上げる。ちょっと面白い顔になるのはわかっているが、こうすると強制的に表情が戻る気がする。

お迎えの列がいったん途切れたタイミングでよかった。こんな顔は園児にはもちろん、保護者には絶対に見せられない。

なんといっても芽衣は〝元気で明るい芽衣先生〟なのだから。

「まあ、そんな顔したくなる気持ちもわかるよ。今日は大変だったし。浩太君のお父さんから、まだ連絡がこないんでしょう?」

真奈美が腕を組む。職場経由でなんとか連絡が取れたと喜んだものの、浩太の父親本人からは連絡がこないままだ。

「公園で怪我をしてしまった、っていうのは伝わっているみたいなので、お父さんも電話を入れる必要はないと思っているのかもしれません。迎えにきたときに説明してもいいかなって」

「連絡帳には書いた?」

「書きました。でも……」

言いよどんだ理由が真奈美にはわかるのだろう。苦笑いをして肩を上下させた。

「あのお父さん、確認してくれないよねぇ。連絡帳」

「はい……」

連絡帳には、園児の一日の様子が書いてある。保護者には毎日確認してもらい、保護者欄に判かサインをしてもらうのだ。

浩太の連絡帳には、めったにサインがされない。

「ほらほら、顔が暗いぞ」

知らず表情が沈んでいたようだ。真奈美に背中を叩かれた。

「お見送り交代しよう。芽衣先生はそろそろ日誌も書かないと、帰れなくなっちゃうよ」

「あ……そうですね」

真奈美とお見送りを交代し、園舎へ入る。職員室へ戻る前に延長保育の部屋を覗くと、本を見たりブロックで遊んだりお絵かきをしたり、各々で過ごす子どもたちの中に、幼児用アニメが流れるテレビの前で黙って座る浩太を見つけた。

テレビを観ている子はほかにもいるのに、浩太の姿だけが目についてしまう。テレビを観ているようで、ぼんやりと眺めているだけのようにも見える。

（考えごとでもしているみたい）

話しかけにいこうかと思ったが、延長保育担当の先生が話しかけていたので芽衣は職員室へ向かった。

日誌をつけるかたわら、明後日の教育プログラムを確認する。明日は休みなので、帰るまでに予定を組んでおかなくては。

時計を確認すると、あと三十分ほどで退勤時間だ。プログラムの予定組みぐらいなら十分な時間なのだが……。

（浩太君のお父さん……、いつ来るんだろう）

祖母が迎えにくるとの連絡もないため、父親が迎えにくるのだろう。自分が行くつもりだから怪我についての折り返しも必要ないと思っているのかもしれない。

（帰る時間までに来なかったら……）

延長保育は十九時まで。中番の芽衣が退勤するのは十八時。——芽衣の退勤時間に合わせて待っていると、護は言っていた。

いくらほかの子に構っていたといっても、浩太の怪我は芽衣の不注意だ。すぐに気づいて駆け寄っていれば。お父さんの車があると聞いて一緒に道路まで見にいってあげられていれば。浩太は怪我をすることもなかったのではないか。

父親への説明は芽衣がしたい。退勤時間がすぎてもいいから来るのを待ちたい。

真奈美は気にしないで帰りなさいと言うかもしれないが、浩太が「おとうさんが……ぼくのこと、見にきてくれたのかなって……」と言ったときの表情がまぶたに焼きついて離れない。

どんなに浩太が父親を待っているか、伝えたい。

嬉しくない予想はあたり、十八時を回っても浩太の父親は現れなかった。

思ったとおり真奈美には帰っていいと言われたのだが、やはり自分で経過を説明したいと説得し納得してもらった。

あとは護に仕事が長引いていることを伝えなくてはならない。連絡をしようとスマホを持って職員室を出ようとしたところ、木琴を叩いたようなチャイムの音が響く。おそらく歩夢の母親だろう。

相手を確認し歩夢に帰り仕度をさせてから連れてくる。不安そうにお迎えにくる母親は、歩夢の顔を見た瞬間に安心した笑顔になるので、その変化を見るたびに早く離婚問題が解決すればいいのにと思わずにいられない。

「芽衣先生、浩太君が……」

歩夢と母親を見送ってすぐ、延長保育担当の先生が芽衣を呼びにくる。浩太が芽衣に会いたがっているという。

部屋にはもう数名の園児しか残ってはいない。テレビを観ているのは浩太ひとりになっていた。

観ているというより、顔がそちらを向いているだけ。心ここにあらずという様子。

「テレビ、飽きた？」

芽衣が隣に座ると、浩太がこちらを見る。

「……おとうさんは？」

「まだ。でも、もうお迎えにきてくれると思うよ」

延長保育終了まであと三十分ほど。それまでには来るだろうと思うほかない。

浩太のお迎えも気になるが、護に連絡ができていないのも気になる。せめてメッセージでも入れられればと思うのだが。

こそっと寄ってきた浩太が、ぴったりと芽衣にくっつく。膝をかかえてただ身体を寄りかけている。

――寂しいんだ……。

寂しさを我慢しなくてはならない幼い気持ちが流れこんでくるようで切なくなる。芽衣も膝をかかえ、浩太と同じ体勢を取ると頭をコンッとくっつけた。

「一緒に待ってようね」

「うん」

浩太が安心してくれているのが伝わってくる。自分を頼る幼い気持ちに寄り添いたくて、芽衣は連絡を入れなくてはという気持ちを押しやった。

園児が浩太だけになって延長保育時間も終わろうとしたころ、やっと浩太のお迎えがきたと連絡が入る。帰りの仕度はできていたので、急いで園リュックを背負わせ、浩太の手を引いて園舎の玄関まで出た。

「お待たせしました。浩太君のお父さん、お電話で伝わっているとは思うのですが……」

浩太を前に出しながら怪我の説明をしようとする、しかしいきなり父親が芽衣を睨みつけた。

「あんただな！　高羽っていう保育士は！」

「はい、わたしです。このたびはわたしの不注意で浩太君に怪我を……」

子どもが怪我をしたと怒っている。芽衣はすぐに謝罪を口にしようとした。父親の怒鳴り声が聞こえたのだろう。真奈美が職員室を飛び出して駆け寄ってくるのが視界に入る。

「どうして銀行に電話をした！　子どもの怪我ぐらいで！」

「えっ」

思わず声が出てしまい、下げかけた顔が上がる。駆け寄ってこようとしていた真奈美の足も止まっていた。

「こっちは忙しいんだ！　何度も電話してきたうえに職場にまで！　しつこいんだよ！」

「ですが、お子さんが怪我や病気のときはすぐにご連絡をすることになっていますし」

「そんなものしなくていい！　忙しいって言ってるだろう！　一日中子どもと遊んでいればいいだけのあんたらとは違うんだ！　なんのつもりだ！」

父親は保育園から電話がかかってきたことを知っている。知っていて無視したのだろう。忙しいのになんの用だ、そんな気持ちでしかない。

「職場に子どものことなんか言うな！　今度電話がきても取り次ぐなって言っておいた。ったく、役立たずの事務員しかいない。だいたい、見たところ浩太の怪我なんてたいしたことないんだろう！　このくらい、ここでなんとかしろ！　なんのために高い金払ってると思ってんだ！」

父親の口は止まらない。こちらの話など聞く気はなく、ただ自分の感情を爆発させる。

それも子どもが怪我をしたことに怒っているのではない。保育園が怪我をした子どもの保護者に連絡を取ろうとしたことに対して憤慨している。職場に言伝を頼んだことを、怒っている。

「浩太！」

怒りの矛先が浩太に向く。芽衣と手を繋いでいた浩太がビクッと大きく震え、芽衣のエプロンにしがみついた。

「怪我なんかして、おまえはなにをやってるんだ！　おとなしくしていろといつも言ってるだろう！　おまえが怪我なんかするから……！」

「おとうさん、ごめんなさい……！」

「やめてください！」

浩太があげた泣き声を聞いて、これ以上は耐えられなかった。芽衣は声を張りあげ、しゃがんで浩太を抱きしめる。

「浩太君はいつもおとなしい子です。やんちゃをして怪我をするようなこともない。そんな子が怪我をしてしまったのは、理由があるからです。理由も聞かず怒鳴らないでください」

「なにが理由だ……、このっ……！」

庇《かば》おうとしたのは逆効果だった。父親は片脚を前に出して身を乗り出し、持っていたブリーフケースを振り上げたのである。

投げつけるつもりだったのかぶつけるつもりだったのかはわからない。けれど危険を感じたことに変わりはなかった。芽衣は浩太にあたらないよう腕に抱いたまま背を向ける。

誰かがそばに立った気配とともに、バンッという大きな音がした。顔を向け、息を呑む。

芽衣の前に立ったのは真奈美だった。ブリーフケースが腕にあたったらしく、片腕を押さえて少し前かがみになっている。衝撃で飛んだのかメガネが足元に落ちていた。

「真奈美さっ……！」

立ち上がろうとした芽衣を、真奈美は腕を横に出して制する。足元のメガネを拾い、かけてから浩太の父親に顔を向けた。

父親は脅かすだけのつもりだったのかもしれない。あたってしまったことに戸惑っている。

「浩太君が怪我をしたとき、私も同じ場所で子どもたちに関わっていました。浩太君が怪我をしたのが悪いとおっしゃるなら、怪我をする状態に気づけなかった私も同罪です。ですが、浩太君がなぜ怪我をしてしまったのか、その理由をちゃんと聞いてください。電話をしてきたことを怒るより、それを聞くのが先かと思います」

衝動的な暴力に浩太の父親自身も動揺しているのかもしれない。真奈美に言い返されてオロオロしているように見える。

「理由……？」

真奈美が身体を張ったおかげで怒りが落ちたようだ。言い返す気配はない。

もう大丈夫と言いたげに真奈美が芽衣を見る。浩太を両腕で抱き、芽衣はゆっくりと立ち上がった。

「浩太君は……、お父さんの車が停まってる、自分に会いにきてくれたのかもしれないって……公園の外に出ようとして怪我をしたんです」

父親が大きく目を見開く。しがみついて嗚咽《おえつ》を漏らす浩太の背を優しく撫でながら、芽衣は声を震わせた。

「浩太君は、優しい子なんです……。七夕だって、自分のことよりお父さんがゆっくりお休みできるようにってお願いをして……。お父さんの車が見えたのが嬉しくて、いつもはちゃんと守る決まりを忘れて走っていってしまうくらい……、そのくらい、……お父さんが、大好きなんです……」

声が出なくなってくる。これ以上口を開いたら、浩太と一緒に泣いてしまいそうだ。

こんなことではいけないのに。保護者にちゃんと説明をして、謝罪をして、納得してもらう。それが正しいやりかただと思うのに。

——浩太を見ていたら、幼いころの自分を思いだして……心が乱れる。父親に手を取ってもらいたかったのに、手を伸ばせなかった気持ちを思いだして……。

騒ぎが聞こえたのか、誰かが呼びにいったのか、園長が警備員を従えて姿を見せ、場は収まりを見せた。

園長室で園長を交えて話をして、浩太は父親と一緒に帰っていった。

落ち着きを取り戻した父親が気まずそうに口にしたのを聞けば、銀行の仕事が忙しく、成績次第で転勤が決まるかどうかの瀬戸際だったらしい。

仕事柄いつかは転勤も受け入れなくてはならない。それでも、あと二年はここに留まっていたいという。

「浩太が……、この保育園をとても気に入っていて……。友だちとも仲がよくて……。だから、小学校まで、ここに通わせてあげたいんです……」

そのためには成績を上げなくてはならなかった。必死だったのだろう。いつも見る姿とは打って変わって肩を落とす浩太の父親は、湯呑みを両手で包んで、おだやかな目で我が子を見ながら話してくれた。

鞄をぶつけてしまった真奈美や、怒鳴ってしまった芽衣に謝罪をし、父親は浩太の手を引いて園舎を出たのである。

この出来事をきっかけに、もう少し父子の距離が縮まればいい。二人の後ろ姿を見ながら、芽衣はそう思わずにはいられなかった。

「真奈美先生、すみませんでした」

二人を見送ったあと、芽衣は真奈美に頭を下げる。

「それと、ありがとうございます。腕、痛かったですよね……?」

芽衣を庇って腕に鞄があたった。メガネが吹っ飛んだくらいだ、かなりの衝撃があっただろう。腕が一部分赤くなっている。

責任を感じていると察したのだろう。真奈美はその腕を上に伸ばしてから顔の前で手を横に振る。

「こんなの大丈夫。子どもたちに突進されたときのほうが衝撃が大きいよ。でも、芽衣先生にあたらなくてよかった。かわいい顔にでもあたったら大変」

「すみません……」

「そんなに気にしない。明日は休みでしょう？　ゆっくり身体を休めるんだよ？　休み明けは、ちゃんと〝元気で明るい芽衣先生〟でいて」

両頬を軽くぺちぺちと叩かれ、真奈美が「ね？」とにっこり笑う。芽衣も口角を上げるが、笑顔になっていたかは自信がない。

今は、自分で頬を引き上げて無理に笑顔を作る気にもなれなかった。

雑務を片づけて、やっと園舎を出る。外はすっかり真っ暗で、二十一時に近かった。

蒸し暑さがまとわりつく。曇り空のせいか湿気が多い。雨でも降りそうだ。

「……悪いことしちゃったな」

歩きながら天を仰ぎ、何気なく呟く。

結局、護になんの連絡もできなかった。いつまで待っていただろう。三十分くらいだろうか。仕事が忙しいのかと思ってくれただろうか。

視線を下げると薄いブルーグレーの細かいプリーツスカートがひらめいている。いつもはカジュアルな服装で通勤しているが、今日は食事に誘われていたこともあって、どんな店でも大丈夫なようにおとなしめのワンピースにした。

スタンドカラーの襟元から大きくタックが取られ前身ごろがふんわりとしたデザイン。前ボタンがスカートの切り替え部分まで続き、共布のリボンベルトをウエストのサイドで結ぶようになっている。

目立つデザインではないが、落ち着きがありつつも可憐《かれん》な雰囲気がある。シーズン初めに気に入って、珍しく定価購入したが着る機会がなく、わずかに後悔しかけていたのだ。やっと、着る機会に恵まれたというのに。これからはこのワンピースを見るたびに、この虚しさを思いだしてしまうのではないだろうか。

ひとまず電話をしておこう。そう思い立ち止まった。そのとき……。

「芽衣さん」

錯覚かと思った。耳も目も、護に申し訳なかったと思うあまり錯覚を起こしたのだと。

「お疲れ様」

目の前に護がいる。声も彼のものだ。今日は非番だと言っていただけあっていつものスーツ姿ではなく、五分袖の黒ジャケット、黒ボタンがアクセントの白いボタンダウンシャツ、チャコールのテーパードパンツ。イケメンはカジュアルな私服でもイケメンらしい。

「堂島さん……本物？」

「本物ですよ。幻かと思いました？」

「だって、約束の時間、すぎていて……。いつからいるんですか？」

呆然とした声を出すと、護は自分の腕時計を見てなんでもないことのように笑顔を作る。

「芽衣さんの退勤時間十分前からなので、三時間、ですね。たいしたことはないです」

「たいしたことあるでしょう？　三時間ですよっ」

三時間ずっと、ここで待っていたというのだろうか。芽衣が来るのをただ黙って。

「そんな、……どうして。連絡もしないから、呆れて怒って帰ったと……」

うろたえる芽衣に近づき、護は目の前で立ち止まる。

「怒るわけがないじゃないですか。仕事が長引いているんだなと思っていました。連絡がこないのは、きっと連絡もできないほど手が離せない仕事があるんだと考えていました。呆れる？　なぜ？　しっかり仕事と向き合っている人に、呆れたりはしません。お仕事お疲れ様です、芽衣さん」

言葉が出ない。なんて言ったらいいのかわからなかった。

保育園の保護者にさえ軽んじられることもあるのに、彼は、こんなにも芽衣を、芽衣の仕事を認めてくれている。きっと自分の仕事にも誠実に向き合う人だから、他人が仕事を頑張っている姿を尊重できるのかもしれない。

そんな人に、先週、ＳＰを辞めたら結婚を考える、なんて言ってしまった。改めて、恥ずかしい……。

「いえ……あの、ありがとう、ございます」

なんとか出した言葉はたどたどしい。待っていてくれるとは思っていなかった。

「じゃあ、ご飯食べにいきましょうか」

「今から、ですか?」

「予約していたレストランはキャンセルしてしまいましたが、スッゴク落ち着く小料理屋があるんですよ。むしろ今の芽衣さんには、そっちのほうがいい気がする」

「小料理屋さん……」

確かに今気取ったレストランに行く気力はない。もともと食事の約束をしていたのだし、行ってもいいのではないか。

「それに、なんだか元気がないし落ちこんでるみたいだから。話を聞いてあげたいなと思って」

「堂島さん……」

なんていい人なんだろう。三時間も待っていてくれて、おまけに仕事で大変だから連絡もできないいんだろうという、神かと思えるほどの理解力。落ち着ける癒やしの場を提案し、元気が出ない原因を聞いてくれるという。

(え……?　聖人?)

感動の渦中で護への評価が変わってくる。聖人レベルに達しかけたとき、彼は軽く言い放った。

「ほら、意中の女の子を落とすには、悩みを聞いてあげるのがいいっていうし」

――前言撤回。聖人認定はお蔵入り決定である。

「なんですか、それっ。人がせっかく感動しかけてたのに」

「感動していいですよ。もう、どんな話でも聞きます。ストレスでやけ食いして体重が増えた話でもいいですよ。いっそ何キロになったのか教えてもらえると、もっとグッドです」

「ぜぇったい、教えませんっ」

アハハと笑う護が、芽衣の横に立って歩きだす。つられるように芽衣も足を進めた。

護と話して、気持ちが少し軽くなった。鬱陶しかった蒸し暑さも、なぜか彼といると感じなかった。


護が連れてきてくれたのは、小綺麗で居心地のいい、本当に落ち着く小料理屋だった。大きな店ではない。全種類食べてみたくなるようなお料理の大皿が並んだカウンター。そこに八席と、個室の小上がりがふたつ。

個室といってもドアはなく、間仕切壁で区切ってあるものだ。カウンターは満席で、護と芽衣は個室で向かい合い、食事をしながら今日あったことを話していた。

子どもが関係した失敗談を話すのは、保育士として恥ずかしく感じるときもある。人によっては「プロ意識がない」など言われたくない口出しをされるし、「子守りの仕事でも失敗とかあるの？」と本当に悪気なく言われたりもする。

護は黙って聞いてくれる。否定も肯定もしない。ただひたすら、芽衣がしゃべりたいことを好きなようにしゃべらせてくれた。

聞き上手というのは護のことをいうのではないだろうか。話しやすくて、言葉がどんどん出てくる。

そこに、少しだけ……と思って注文したお酒も加わって、またスルスルと言葉が滑り出していった。

言葉が出てお酒が入り、気分がよくなってお酒が入って言葉が出る。そんなことを繰り返し繰り返し……。話題は今日あったことから日々の仕事のことに変わり、考えていても口に出せない感情にまで及んだ。

「箸ですよ、箸っ。それを三歳の子に上手く使えるようになれ～とか、……無理に決まってるでしょうっ」

テーブルに突っ伏してかかえていた頭から手を離し、芽衣はがばっと顔を上げる。「無理」を強調したあとライムサワーのグラスを手に取り、グッとあおって息を吐きながらテーブルに置いた。

勢いのまま怒りに変わっていきかけて、芽衣はふにゃっと眉を下げる。

「箸が持てないとか……起きてすぐ挨拶をしないとか……親の話を聞かないとか……顔を

洗いたがらないとか……歯を磨かないとか、そんなのさぁ、親が躾《しつ》けるものでしょぉ〜。保育園の仕事じゃないんだよぉ……。指導はするけど、子どもの基本的な躾まで保育園に頼って、上手くできなきゃ保育士のせいって。なにそれ〜」

心の扉ががばがばだ。いつもは閉じている扉が大きく開いて、ひたかくしにしていた本音がこぼれ出していく。

「さっき話した園児のお父さんには『一日中子どもと遊んでいればいいだけのあんたらとは違う』……なんて言われちゃいましたぁ。怒りに任せてつい口から出てしまった、っていうのはわかるけど、……ショックですよ。結局は保育士のこと、そういうふうに思ってるってことでしょう……」

「保育士さんは立派なお仕事ですよ。預かっているあいだ、子どもたちの命を守っているんですから」

「それっ」

ピシッと護を指差す。

「いいこと言ったたっ。ものすンごく、いいこと言ったたっ」

テーブルに置いても手を離さなかったグラスを再び口に持っていく。喉を鳴らして飲むと氷が唇にあたり、グラスがカラであることを教えてくれる。

「芽衣さんも俺も、人の命を守っている。気持ちはわかりますよ。守る以上に気を使うってことだし」

「そうですよぉ……スッゴク、気ぃ使うんだから……。園の中はもちろん、園庭で遊ばせるときだって……お散歩だって、園外保育だって……。怪我ひとつさせちゃいけないって、子どもたちの命を守るつもりでやってる……。でも、ほかの人が見たら、子どもと楽しく遊んでるふうにしか見えないんですよ……。子どもが楽しくいられるように工夫してるんだから、楽しそうなのは当たり前なのにぃ……」

芽衣はくるっとうしろを向き、カウンターに向かってカラのグラスを掲げる。

「すみませーん、ライムサワーお代わりー」

「それと水ー」

芽衣のセリフを護が追う。どうして「水」なのだろう。護のジョッキにはまだ半分ビールが入っている。

この店まではタクシーで来た。護も今日は食事の際にお酒を飲むかもしれないからと思い、車では来なかったようだ。

もし車で来ていたのなら車内で待ち時間を潰すこともできただろう。それができなかった彼は、本当にあの場所で三時間、ずっと芽衣を待ち続けていたのだ。

そう考えると気持ちが沈んでくる。

「……すみません、堂島さん……」

グラスを置き、芽衣は両手を膝にのせる。気まずさが膨らんできて視線が下がった。

「三時間も待たせて……退屈でしたよね。おまけに、わたしの愚痴ばっかり聞かせてしまって……」

職場の同僚と飲みにいったって、こんなに愚痴っぽくはならない。今日の自分は口が軽すぎる。

「いつもはこんなにおしゃべりではないと思うんですけど……。なんか……」

言葉をどう続けたらいい。話しやすくて。話しても大丈夫と思えて。聞いてもらえそうで。心地よくて。どれを選んだらいいだろう。

――全部だ。

護相手だと話しやすい。

いつもは話せないようなこともスルスルと出てしまうのは、彼になら話しても大丈夫と思えるから。どんな話でも、彼は聞いてくれる。そう思うと心地よくて、心の鍵は外れてドアが開きっぱなしだ。

「こんな愚痴ばかりで……幻滅しますよね。〝元気で明るい芽衣先生〟なんて爽やかなイメージのかけらもない」

「仕事あがりに飲みにいくのは、同じ保育園の人？」

「え？　はい、ほぼ」

今の流れとは関係のない話題が出て、なにかと思いつつも顔を上げる。

「それじゃあ愚痴なんか言えなくて当然」

「どうしてですか？　同じ職場だと言いやすいんじゃないかと思いますよ。実際、みんな言うし、わたしだって少しくらいは言うし」

「〝元気で明るい芽衣先生〟」

その言葉を言われた瞬間、身体がビクッと震える。自然と背筋が伸びた。

「芽衣さんには、そのイメージがつきすぎている。芽衣さん自身、そのイメージを崩さない自分であろうとしすぎて、イメージに合わないことを避けるようになっているんじゃないかな。怒鳴る、反抗する、怖がる、落ちこむ、……愚痴る」

「あ……」

「あなたを表すいい言葉だとは思う。けれど、それが呪いのようになって芽衣さんを縛ってはいませんか？　いつも笑顔でいなくちゃならない、いつも明るくしていなくてはならない、って」

言葉が出なかった。ちょうどそのときお代わりのライムサワーとお水が運ばれてきて、護が「ありがとうございます」と笑顔で受け取る。

「はい、どうぞ」

そのグラスを両手に持ち、護はなぜか水が入ったグラスを芽衣に差し出す。戸惑っていると、ふっとなごやかに微笑まれる。

「先にお水を飲んで、アルコールを薄めたほうがいい。ここに来てから食べるより飲んでいる量のほうが多いから」

「え？　そうですか？」

「もう飲んだあとだから、気休めですけどね。飲まないよりはいいかなって程度ですね」

「すみません」

水のグラスを受け取り、口に運ぶ。言われてみれば、店に入って料理が運ばれてくる前に飲み始めてしまっている。もっぱらしゃべっていたのは芽衣なので、食べるより飲んでいるほうが多かった。

冷たい水がすうッと身体の内側を冷やしていく。爽やかさを感じるのはいいのだが、感覚がクリーンになったぶん、酔いが一気に回ってきたような気がした。

グラスを置き、芽衣は顔を伏せる。

「……すみません……、堂島さん」

「ん？　愚痴ったことですか？　いいんですよ。いくらでも言ってください。俺でよかったらいくらでも聞きますから。むしろ、ほかの人には言えないことを、俺には言ってくれた。それが、とても嬉しいです」

なんていい人なんだろう。あんなに愚痴を聞かされて、いやな顔ひとつ、うんざりした様子ひとつ見せない。

おまけに……。

――――それが呪いのようになって芽衣さんを縛ってはいませんか？

誰にも言えなかった、芽衣の足枷《あしかせ》に気づいてくれた……。

「すみません……」

「そんなに謝らなくていいんですよ。芽衣さんは……」

「違うんです、そうじゃなくて……」

芽衣は護の言葉を遮るように否定する。愚痴を気にしないと言ってくれたり、芽衣の気持ちに気づいてくれたり、それはとても嬉しいし心に沁《し》みることなのだが……。

違うのだ。今は、それを謝りたいのではない。

「お水……すごく、ありがたかったんですけど……」

「はい」

芽衣の身体が横に揺れる。あ、まずい、と自分で感じた。

「ちょっと、飲むのが……遅かったみたい……」

ぐらっと、思考が回る。

急激に回った酔いは、悪酔いを通り越して全身の感覚を奪った。

「芽衣さん⁉」

身体が横に倒れる。護がそばにきて、店員に冷たいタオルを頼んだ……ところまでは、覚えている。
そこから先は――――。

(――あったかい……)

最初に感じたのは、とても心地よいぬくもりだった。

夏なのだからあたたかいのは当たり前なのだが、体感的な暑さではなく、肌からしみこんでくるような優しいあたたかさ。

そういったなにかに、全体重をかけて寄りかかっているという感覚だった。

(こんな感覚……昔にもあった)

ゆっくりゆっくり、導き出される記憶。

――あれは、やはり夏の日だった。花火大会の帰り、眠ってしまった幼い芽衣を、父がおぶって歩いている。

『芽衣、寝ちゃったね。わたしが抱っこしようか? あなた、荷物も持ってるんだから重いでしょう?』

母が隣を歩きながら気遣う。芽衣は寝たフリをしていたのだ。心の中で、お母さんよけいなこと言わないで、とハラハラしていた。

そのあと、父がなにかを言った……。「親ばかね」と母が笑う。父は、なにを言ったのだろう。芽衣には思いだせない。

確かにあった出来事で、父におんぶしていてもらいたくて寝たフリをした記憶まであるのに。

あのとき、父が言った言葉が思いだせない……。

「お父さん……なんて言ったの……」

「あっ、目が覚めましたか、芽衣さん」

自分の声でハッとして、護の声で瞬時にまぶたが上がる。寝起きが悪くはない芽衣にしても抜群の目覚めだ。

目を開いた瞬間はなにも見えなかった。柔らかい場所に下ろされ、離れていく背中と、立ち上がって振り返った護が薄暗い中で確認できる。

どうやら護の背中におぶさっていたらしい。下ろされた場所は……ベッドの上だ。

(え？　ベッド？　なんで？)

目は覚めたが頭が上手く回らない。小料理屋で急激に酔いが回ったのは覚えている。あのあと動けなくなってそのまま眠ってしまったのだろう。

「あの……ここは」

「俺のマンションです。小料理屋からタクシーでここまで来ました。芽衣さんの家へ送ろうと思ったのですが、ハッキリとした住所がわからなかったので。ひとまずここに」

「そうなんですね……。ご迷惑を……」

「いいえ、とんでもないです。俺も水を渡すのが遅かった」

「お酒飲んでいて、お水出されたの……初めてです」

「バーなんかで、飲みすぎ防止にバーテンダーに出されませんか?」

「そんなおしゃれな場所、行きませんから……」

薄闇の中で、護がクスッと笑った気がする。行ったことがないというのがおかしかったのだろうか。本当なので仕方がない。

「それなら、今度ぜひ俺にエスコートさせてください」

起き上がるのも億劫《おっくう》に感じる身体の中で、鼓動だけが元気よく飛び跳ねる。紳士然とした物言いが、とんでもなく胸の奥をくすぐった。

(この人……本当にSPなんだよね……)

疑って申し訳ないが、爽やかすぎて警察関係者には見えないという意味なので許してほしい。

とはいえ、警察関係者のすべてが爽やかではないと思っているわけでもないのだが。

「少し休んでいってください。身体が動くようになったら家まで送ります。もちろん、タクシーで。冷たい水を持ってきますから、待っていてください」

護はそう言って部屋を出ていく。「ありがとうございます」と言ったつもりだったが、声になっていたかいまいち自信がない。

具合が悪くなったり吐いたりしなかっただけよかった。

（また、迷惑かけちゃった……）

ハァッと大きく息を吐き、天井を見つめる。

――薄暗闇の中で感じる、見知らぬ天井。知らない空気。

ふわっと柔らかいベッドに沈んでいるはずの背面から、ぞわっとした冷たいものが噴き上がってくる。

カッと見開いた瞳に映るのは護の部屋の天井ではない。――記憶の奥底にある、見知らぬ部屋の天井。

――怖いよ……。

脳裏によみがえるのは自分の声。幼い芽衣の、呟くような泣き声。

――怖いよ、お父さん……。怖いよ……。早く戻ってきて……。お父さん……。

繰り返し繰り返し、父に助けを求め呟いた。

見知らぬ部屋の暗闇の中。小学生の芽衣が、気が狂いそうなほどの恐怖に耐えている。

――怖い、怖い、怖い、怖い、ひとりにしないで、置いてかないで！　ひとりにしないで、ひとりにしないで！　置いていかないで、おいていかないで！　おねがい！　おねがい‼　お父さん！

臓腑《ぞうふ》に氷を詰めこまれたかのよう、恐怖で思考がぐちゃぐちゃになる。あのとき、どうして心が飛んでしまわなかったのだろう。

「いやぁ――――――‼」

突如記憶の中から現れて全身を支配した恐怖。甲高い悲鳴だった。もはや〝声〟ではなかったかもしれない。

芽衣は身体を丸め、うつぶせになってシーツを握り締める。身体がガタガタ震えていた。寒さのせいではなく、怖さに全身が支配されていた。

「いやぁ！　いやぁぁぁぁ‼」

「芽衣さん⁉」

護が飛びこんでくる。両肩口を摑まれ身体を起こされると芽衣は母猫から離された子猫のように暴れた。

「やっ！　やだぁ！　怖い……こわいぃ！」

「芽衣さん！　どうした⁉　落ち着いて！」

「ひとりにしないで……！　怖いよ！　お父さん……！　こわいぃっ」

「芽衣さんっ……！」

身体を返され、護の腕に抱きしめられる。そのままベッドに倒れこみ、彼の身体で押さえこまれたせいで芽衣は暴れることができなくなった。

「やだぁ……やだぁ、ひとりにしないで……こわいよぉ……」

「しない。ひとりにしないから。絶対に、芽衣さんをひとりにしないから」

「置いて……いかないでぇ……」

「いかない。そばにいる。ひとりにしない」

「こわぃ……」

「ひとりにしないよ」

優しくおだやかな声に恐怖がほぐされていく。凍り固まっていた感情が、ゆっくりと砕けて溶けていく。

「大丈夫だよ」

囁《ささや》く声。頭を撫でてくれる手のあたたかさと心地よさ。

「大丈夫……」

なんて……安心できる言葉なんだろう。

身体から力が抜けていく。

大きな脱力感が襲ってきて、力が入らない。両手の指を掻くように動かすと、護のジャケットを摑むことができた。

芽衣が力を抜いたことがわかったのか、護が身体をよける。それでもジャケットを摑まれていて離れることができないので、横向きに寝転がって片手で芽衣の背中を撫でる。

「少し落ち着いた?」

ゆっくりと首を縦に振る。落ち着いてから考えると、まるで駄々っ子のような暴れかたをしてしまった。

いい大人が恥ずかしい。けれど、昔のことを思いだしてこんな感情がよみがえったのは久しぶりだ。

護におんぶしてもらったことで、父の背中を思いだしたからだろうか。

「黒い大きな虫でも出た?　掃除はしっかりしているつもりだったんだけど」

「……違うんです。昔のこと……思いだして。暗いところで、ひとりになったから……」

「芽衣さん、暗いところが苦手?　お化け屋敷とか駄目なほう?」

「そういうんじゃなくて……」

ジャケットを握っている手に力が入る。つらい話だと悟ったのか背中を撫でていた手が頭をぽんぽんと叩いた。

「無理に話さなくていい。話したらまた思いだすから」

「堂島さん、なんでも聞いてくれるんですよね?」

一瞬手を止めた護だったが、少し身体を寄せ、覗きこむように芽衣を見た。

「……聞いていい？　なんでも聞くよ。話してくれるなら」

なぜだか、この人には話したい。そう思えた。誰にも話したことのないこと。興味本位でいろいろ聞かれるのがいやで、怖くて、誰にも話さず、思いださないようにしてきた、悪夢。

「わたし……暗いところが怖いというより、見知らぬ暗闇でひとりにされるのが怖いんです」

芽衣はゆっくりと話しだす。呟くように。できるだけいやな感情を思い起こさないように。

「わたしが小学校のとき……もう十五年か六年……二十年近く前ですけど、大きな十字路で無差別殺傷事件があって……。わたしは、父とその現場にいたんです」

頭を撫でていた護の手が背中に回る。話の内容を少し察したのかもしれない。芽衣が当時を思いだしてまたパニックにならないよう、なったときにすぐ押さえこめるように。

「大きなトラックが次々に人を轢《ひ》いて、運転席から降りた男が持っていたナイフで無差別に人を傷つけていく。その現場に、いたんです……」

あの日は父が非番だった。ちょうど日曜日で、芽衣の誕生日が近いから欲しい物があったら買ってあげると言われ、父とともに出かけた。

いつも忙しくて、いつ休んでいるのかわからないときもある父が、せっかくの休みなのに芽衣と出かけるという。

ゆっくり休んでいてほしい気持ちのかたわら、父と一緒に出かけられるという嬉しさでいっぱいだった。

そんなとき、事件に遭遇した。

「父はわたしを抱きかかえて走りました。逃げるんだと思ったんです。……けれど、父はわたしを、空きビルになっていた建物の一階、……小さな事務所のような部屋に入れて、迎えにくるまでここから動くなと言ってひとりで出ていってしまった。……犯人を、取り押さえに……」

父はSPという職務にあるが警視庁の警察官だ。通り魔の犯行を目の前にして逃げることなどできない。

誇るべきことだ。そんな正義感と職務に忠実な父を。

民間人が無差別に襲われている犯罪を喰《く》い止めようとしているのだから、父を信じて待っていればいい。

しかし、小学生だった芽衣には、このパニックの中でそんな冷静な判断はできなかった。

「窓もふさがれた暗い部屋の中で、膝をかかえ、身体を丸くして父を待ちました。聞こえてくるのは人の悲鳴と叫び声、足音。もしかしたら、犯人がこの部屋に飛びこんでくるかもしれない。わたしに向かってナイフを振りかざすかもしれない。そう思うと、怖くて怖くて仕方がなかった」

身体は石のように硬直し、血の気が引いて体温がなくなったのかと思うほど冷たかった。顎が震えて奥歯がガチガチと音をたてていたのを覚えている。

そんな芽衣は、ずっと心の中で叫び続けていたのだ。

「怖い、ひとりにしないで、置いていかないで……そんな言葉しか、頭に浮かばなかった。怖い、怖いって……。お父さん、戻ってきて、って……」

――――怖い、怖い、怖い、怖い、ひとりにしないで、置いてかないで！　ひとりにしないで、ひとりにしないで！　置いていかないで、おいていかないで！　おねがい！　おねがい‼　お父さん！

何度そう叫んだだろう。

ずっとずっと、そればかりを心で叫びながら父が戻るのを待った。

「犯人は現行犯逮捕されました。立ち向かった警官が何人も負傷したと聞きます。やっと父が迎えにきてくれたとき、父にしがみついて、泣いているのか叫んでいるのかわからない声を出していました。怖かったという恐怖と、寂しかったという悲しさと……こんなに怖かったのにどうして置いていったのという怒りが……入り混じっていた」

父はただ強く芽衣を抱きしめて「大丈夫だ。もう大丈夫だ」と繰り返す。芽衣は父の背中をポカポカ叩きながら、心の中で「怖かったのに、怖かったのに」と駄々っ子のように責め続けた。

「その事件があってから……父と関わることが少なくなりました。あのときのことを引きずってしまって、上手く父に接することができなくなった。逆に……避けられているんじゃないかと思うこともあった。あの事件で、わたしを置き去りにしたことを気まずく思ってるのかなって。仕事仕事で、顔を見ることも少なくなって……。小学校の卒業式の話とか、中学校の入学式の話とか、したような気はするけど……はっきり思いだせない。中学で部活には入ったのかとか、成績はどうなのかとか……母には聞いていたみたいだけど、わたしが話したことはなかった。なんとなく溝を感じていました。以前のように父と笑って話がしたい、そう思いはするのにできなくて。そうしたら、高校の新しい制服を着た姿も見ないうちに……。仕事で……」

父は仕事中に落命した。

葬儀にはそのときの警護対象者から花が届けられ、秘書らしき人物が焼香に訪れていた。いかにも事務的なお悔やみの言葉をもらって、この人たちにとっては人の死も事務的なものなんだと漠然と考えてしまった。

「そのときのことがあるから、暗い見知らぬ部屋でひとりになると怖かったことを思いだしてしまう、っていうことか」

思ったよりも芽衣が取り乱さずに話をするので、安心したのかもしれない。護は軽く息を吐き、芽衣の背中を優しく叩く。

「でも、真っ暗な知らない部屋でひとりになるなんてそうそうないし、思いだすことなんてほぼなかったんです。暗い道なんかで思いだしかけても、普通に『この道怖いな』くらいだし。今は……堂島さんにおんぶしてもらって……、父の背中で寝たフリをしたときのことが頭に浮かんで。それで、事件のことも思いだしちゃったのかなって……」

「そうか……」

ポン、ポン、ポン、と、ゆっくりおだやかに背中を叩くリズムが心地よい。

気持ちよさのせいか少しずつ護ににじり寄り、彼の胸に頭がつくくらい近寄っていた。

「思いださせて、悪かった」

「堂島さんのせいじゃないですよ」

そう言ってからクスリと笑う。

「堂島さん、話しかた、変わりましたね」

「ん？　ああ、そういえば」

「なんか、〝年上〟って感じがします」

パニックになった芽衣のところに駆けつけてから、ずいぶんと口調がフラットになった。

「偉そうでいやですか？　すみません」

「戻さないでください。そのほうがいいです。なんていうか、年上の方に丁寧にお話しされるのは慣れていないので、こう、構えちゃうんですよね。そうやって気楽に話してくれたほうが、わたしはいいです」

「気楽に?」

「はい、年上っぽく。わたしを落ち着かせてくれたときの堂島さん、すごく頼りがいを感じてかっこよかったですよ」

「芽衣さんは褒め上手だ。さすが保育園の先生。芽衣先生に預けられた子どもたちは幸せだ。褒められてどんどん自信をつけて成長する」

「褒めすぎですよ」

仕事を褒められると嬉しい。けれど少し照れてしまう。

背中を叩いていた手が髪を梳《す》き、後頭部をくるっと撫でる。頭を撫でるなんていつも自分が子どもたちにやっていることなのに、されるとこんなに心地のいいものだっただろうかと鼓動が高まった。

「だから……話せたのかもしれません。堂島さんなら、話しても大丈夫って、思えた」

頭を撫でていた手が頬を押さえる。そのあたたかさに、ほわっと意識が酔う。

お酒の酔いは話しているうちにほぼなくなったように思っていたのに。まだ残っているのだろうか。

護の顔が近づく。

ひたいに唇が触れそうな距離で囁きが肌をくすぐった。

「話してくれて、ありがとう。嬉しいよ」

とくん……と、鼓動とは違うなにかが胸の奥で跳ねる。鳥のように羽を広げて羽ばたき、何度も何度も飛び跳ねる。

そのたびに体温が上がっていくような気がした。

頬にあたっている手のひらが、まるで吸いついているかのようにじんわりとしみこんでくる。それがなぜか、とても心地よい。

「堂島さんの、手……」

「ん？」

「大きくて、すごく……」

「気持ちいい？」

「……はい」

なぜだろう。「気持ちいい？」と聞かれると、胸がうずうずして、恥ずかしい。

「俺も、芽衣さんにさわっていると、気持ちいい」

「なんですか、それ」

照れくさくて身体で彼を押すが、結果的に密着する形になってしまった。

いまさらながらずっと摑んでいたジャケットから手を離し、護のシャツに手を添える。

彼の胸の感触が手に伝わってきて、今度は本当に鼓動が速くなってきた。

護の手がうなじを撫で、また頬に戻ってくる。誘われるままに顔が上がり、視線が合うと……唇が重なった。

「ぁ……」

キスなんて初めての経験で、触れた瞬間、身体がビクッと震える。軽く触れるキスは、まるで小鳥がついばむようについたり離れたりを繰り返した。

「……くすぐったぃ」

クスッと笑って肩をすくめる。護の唇が頬から耳へ移動し……。酔ってしまいそうな甘い声が耳朶《じだ》をくすぐった。

「もっと、さわってもいい?」

――酔っていたと言えば、言い訳にできるだろうか。

芽衣は、知らず昂《たか》ぶる熱のまま、小さくうなずいてしまった……。

第三章　甘い感情を覚える蜜夜

「今日着ているワンピース、よく似合ってる」

「ありがとうございます……」

服装を褒められると、少し照れる。似合っていると言われると嬉しいのだが、今夜はいつもと洋服の方向性が違う。

食事にいくことを、護と一緒に歩くことを意識して落ち着いた服装にしたのかと思われるのが、くすぐったい。

ベッドにふたりで横になったまま、護の指は芽衣のワンピースの襟元にかかっている。スタンドカラーのボタンを、外したそうに指でこすっていた。

「外していい？」

「あっ、……は、外すんですか……？」

「外さないと、さわれない」

「……どうぞ」

このムードに合わない、頓珍漢なことを言ってしまったのではないだろうか。ここは素直に「はい」でよかった。

（こ、こんなの初めてで……ドキドキする〜）

心臓の音がうるさい。寝室が静かだから、護に聞こえているかもしれない。

「似合っているんだけど、このチョイスは、俺と食事にいくって考えてのもの、なんだよね？」

さらに心臓が大きく跳ね上がった。意識していたのがバレバレだ。

「いつもは首元も開いていてカジュアルなのに、今日はキッチリ締まってる。もしかして警戒されてるのかなって思った」

「え？　そっち？　……ですか」

自分が考えていた理由とちょっと違う。食事を意識したところまではあたっているのに。

「違います。あの……いつも堂島さんがスーツで、わたしが普段着すぎる気がしていたので……。おかしくないように、少し落ち着いた服装でと思って……」

「そうか、警戒されたんじゃなくてよかった。それなら、今日もスーツのほうがよかったかな。俺のほうがカジュアルになってた」

「そういう服装も似合います。堂島さんは素敵だから、なにを着ても似合います」

本心なのだが、お世辞と思われてしまうのではないだろうか。そうしているうちにワンピースの前ボタンが外され、腰の横で結んでいたリボンがほどかれるのがわかった。

「ありがとう。芽衣さんに言ってもらえると嬉しい」

素敵なんて言葉は、言われ慣れているだろう。そう思っても、護が照れくさそうに笑う顔が胸の奥をくすぐる。

開いた胸元から忍んだ手が肩を撫でると、布が身体から離れていく。

「腕」

「あ、はい」

護のシャツを摑んでいるので脱がせられないと言いたいのだろう。袖から腕を抜くと上腕にちゅっとキスをされた。小さく息を吞み、肩を震わせる。

「そんなにびっくりしない」

「すみませっ……」

「無理かもしれないけど、硬くならなくていい。……優しくするから」

意味ありげに言われて、カアッと体温が上がる。彼が上半身を起こし、芽衣を仰向けにしながらもう片方の腕もワンピースから抜いた。

両腕を身体に沿わせているると、呼吸をするたびに胸が上下に動くのが妙に気になる。上半身がブラジャーだけになってしまっているせいもあって、そこが動くというのが恥ずかしい。

「すみません……なんか……」

芽衣はおそるおそる両腕で胸をかくす。その腕を護が撫でた。

「恥ずかしい？」

「はい……あの、男の人に見られるのは……初めてなので」

「わかってる。無理に手を外させるようなことはしないから。安心して」

護は芽衣の気持ちをすべて汲み取ってくれる。なんて優しいんだろう。両手で首から肩を撫で、腕へと下りる。その手の大きさとあたたかさに安堵《あんど》感が募り、徐々に気持ちがほぐれていった。

「ああ、そうか、ごめん」

なにを思いついたのか、護がジャケットを脱ぐ。続いてシャツのボタンも外し始めた。

「堂島さん……？」

いきなり脱ぎだしたように感じて、ちょっと戸惑う。彼はあっさりとシャツを脱ぎ捨てた。

「芽衣さんだけ脱がせて、俺が着たままじゃ不公平だ。それだからよけいに芽衣さんも恥ずかしくなる。二人そろって脱いでしまえば不公平じゃないから恥ずかしくない」

わかるような、わからないような。確かに不公平ではないかもしれないが、それで恥ずかしくなくなるわけは、ない。

それどころか視界の真正面に男性の半裸が飛びこんできて、恥ずかしさのゲージは上がる。それもなかなかに筋肉質でいい体つき。女性のヌードグラビアを見てしまったのと同じくらいの恥ずかしさだ。

なので、とっさに両手で顔を覆ってしまった。

「芽衣さん？」

「す、すみませんっ、男性の、裸、こんな近くて見たことがないので……」

「保育園でお着替えとかさせるんじゃ……」

「幼児と成人男性を一緒にしないでくださいっ。園児たちのすっぽんぽんなんて、かわいいだけですよっ」

ついムキになってしまう。護がクスクス笑っているのがわかって、怒りたいやら恥ずかしいやら複雑な気持ちだ。

「子どもたちの裸は、かわいい、って見るのに。俺のからは目をそらすの？　俺の裸は、見るに堪えない？」

「そんなことないですっ。すごく綺麗です」

目をそらしたのを気にしている。失礼なことをしてしまったのかもしれない。慌てて顔から手を離すと、両手首を掴まれた。

「本当？」

尋ねる口調はとても優しいのに、その表情は綺麗としか言いようがなくて……ゾクッとする。

彼に視線を惹《ひ》きつけられたまま、芽衣は小さくうなずく。

「本当……です。だって、なんか、鍛えてますっていう感じで頼もしいし、男らしくて素敵です……。み、見てもいいのかなって……迷うくらい」

「じゃあ、さわって」

二の句が継げない。口を半開きにしたままどう反応したものかと迷っていると、摑まれていた手を護の胸に持っていかれた。

「綺麗だな、素敵だなって思ったものってさわりたくなるでしょう。どうぞ」

「あ……」

両手のひらが護の胸に触れる。押しつけられ、胸筋の弾力が直に伝わってきた。

男性の胸は硬いものだと思っていたせいか、意外な柔らかさが手に気持ちいい。芽衣は自分から手を押しつけて弾力を確かめてみた。

手首を摑む手に力は入っていない。好きに動かせるのをいいことに、芽衣は手を移動させて肩や腕もさわってみた。

「どう？　さわり心地」

「……思ったより柔らかくて、いい感じです。なんだか弾力が気持ちいい。筋肉って、もっと硬いと思ってました」

「筋肉は力を入れると硬くなる。普通にしていればそんなに硬くない」

「そうなんですね……」

興味を引かれるままベタベタさわりすぎたかもしれない。それに気づいたとき、護の両手が芽衣の胸元をまさぐっていた。

「俺も、綺麗だなと思ったもの、さわろうかな」

「あ……」

自分が好きなようにさわっている手前、駄目ですとも言えない。迷う間もなくブラジャーを取られてしまった。

「困った。綺麗だ」

護の視線が胸に落ちているのがわかる。恥ずかしくないわけがない。見られているのだと思うと、彼の視線だけで胸がじりじりする。

「綺麗では……」

「どうして？　なにかと比べている？　とても綺麗だ。……ほら」

両手で胸のふくらみを軽く揉《も》みしだかれる。そんなに力が入っているわけではないのに、柔らかなふくらみが握られた風船のように形を変えた。

「あっ……」

またそれがおかしな感覚を運んでくる。くすぐったい気もするけれど、それとは違うむず痒《がゆ》さだ。

「白くて柔らかくて、さわり心地もいい」

「んっ……」

唇を引き結んでその刺激に堪える。手で口を押さえればいいのに、芽衣の両手は護の胸から離れない。

揉み動かす手に少しずつ力がこもってくる。だからといって痛いわけではなく、刺激が強くなってくる。

キッチリと口を閉じていると息苦しい。肌の刺激に反応して呼吸が速くなっていて、鼻呼吸だけでは間に合わない。

「我慢しなくていい。楽にして」

「でも、……ハァ、ぁっ」

言い返そうと口を開くと言葉ではない予定外の吐息が漏れる。あわてて閉じた唇を内側に巻きこんだ。

「仕方がないな、芽衣さんは」

クスリと笑われ、羞恥心がくすぐられる。意地を張る園児を諭している自分を見ているようだ。

固く閉じられた唇に護のそれが重なってくる。とはいっても唇を内側に巻きこんでいるので、彼は唇の上下の皮膚にキスをしていることになる。

しかしその場所で食むように唇を動かされると、独特のくすぐったさがあって唇がほどけてくる。むずむずして半開きになった唇に吸いつかれ押しつけられ、もう意地を張れなくなる。

「ハァ、ぅ……」

おかしな吐息が出そうになる前に彼がそれを吸い取る。甘ったるい吐息が恥ずかしいから意地を張っていたのを、わかっているかのよう。

いや、おそらく彼はわかっているのだ。それだからこうして呼吸ができるように唇を開かせて、吐息だけを吸い取ってくれている。

(……優しいんだな……本当に)

胸の奥で、きゅんっと小さな感情が飛び跳ねる。胸を揉み動かす力が少し強くなって、そこから生まれる刺激でさらに吐息が熱くなった。

「んっ……ン、は、ぁ……」

おかしな吐息は確かに抑えてもらえているのに、喉が甘え、鼻が切なげに鳴る。さすがにこれは護も抑えようがない。

彼の指が胸の頂を大きく擦る。電流のような刺激が走り、びくんと上半身が揺れた。

「あぁっ……！」

ついい、取り返しがつかないくらい恥ずかしい声が出てしまった。自分の声なのに、聞いたことのない声だ。保育園で出すような甲高い声、でも、甘ったるくて、なんだかいやらしい。

「かわいい声だ」

吸い取ってくれると安心させて、いざというところで裏切った護は満足そう。しかし文句を言う間も与えられないまま、彼の指は頂を擦り続ける。

「あっ、あ……やぁっ」

反応を覚えてしまうと声はいくらでも出てくる。指だけでは飽き足らないのか、今度は舌で舐《な》め上げられた。

「ひゃっ、ぁンッ……や、ァ」

あたたかい舌がねっとりと頂に絡みつく。特殊な生き物が動いているようで、見ているだけでむずむずする。

片方を舌で、もう片方の頂は指で擦られ、胸が刺激でいっぱいだ。じれったさが募って、腰が重くなってくる。それが切なくて何度も腰をベッドに押しつけた。

「あっ、やぁぁ……堂島、さ……ンンッ」

「芽衣さん、どっちがいい？」

「どっち……って」

「指と舌」

「そんなこと聞かない……ひゃぁんっ！」

反抗しようとした矢先に頂に吸いつかれる。指でも舌でもない新たな刺激は、わずかな痛感が快感に変わり自分がステップアップしたように思わせた。

「ぁあっ、ダメ、だってばぁ……んっ、ンッぁ」

もう片方の頂を指でつままれる。いつの間にか飛び出した突起が彼の指で揉みほぐされていく。芽衣はとうとう護の胸から手を離し、彼の頭を両手で挟んだ。

「ダメ、ぁっ、そんな……しちゃ……ぅンッ」

吸いつかれたほうも突起が飛び出してきているらしい。唇でこすり上げるようにしゃぶられ、なんともいえないじれったさに苛まれるあまり首を左右に振って身悶《みもだ》えする。

「あぁぁん、や、やぁぁ、胸ぇぇっ」

「芽衣さんっ」

護が胸から顔を上げた、のはいいが、口調が強いうえ厳しい顔をしている。もしや駄々っ子みたいでみっともなかっただろうか。ここまでしておいて「いや」とか「ダメ」とか口にしてはいけないのかもしれない。

にわかに緊張する。が、護は大きく息を吐いて眉を下げたのである。

「す、すみませんっ。意識したわけではないんですけど……なんか、保育園で出すような高音になっちゃって……」

「普段の声もかわいいけど、あえぎ声がすごい。薄っすらと背徳感さえ覚える」

「は……ぃ？」

「感じる声がかわいすぎる」

「〝萌え声〟か……。これは本当にストーカーを警戒しなくてはいけないレベルだ」

「大げさですよ」

護は以前、保育園の父兄に疑惑の目を向けたことがある。これでは本当に疑ってかかりそうだ。そんなことは考えたくない。芽衣は強く否定する。

すると、護はにやっと口角を上げた。

「俺がストーカーになりそうっていう意味。芽衣さんが心配で心配で」

「なっ、なに言ってるんですかっ」

「本当だよ」

胸をさわっていた手が頬を撫でる。優しい眼差しはとても艶っぽくて、鼓動がひとつ高鳴るたびに体温が上がっていく。

護の顔が近づき、鼻がくっつく。お互いの呼吸さえ感じる距離で、彼の囁きが唇をくすぐった。

「安心させて……。俺のこと」

「どうすれば、いいんですか……」

「もっと、芽衣を知りたい」

心臓が飛び跳ね、身体が震えた。真摯《しんし》な声で呼び捨てにされたから。それればかりではなく、彼の片手がスカートをずり上げながら太腿《ふともも》に到達したからだ。

「芽衣の、心も、身体も、全部」

唇が重なる。太腿からショーツの上にかぶさった手が脚のあいだを縦に往復し、湿った部分をそろえた指先で押した。

「んぅ、あっ……！」

下半身が大きく震え、思わず両膝が立つ。脚を閉じようとするが、護の手がはまってしまっているので無駄だった。

「濡れてる。ここ。わかる？」

離れた唇が優しい口調で意地悪に囁く。湿った部分を見つけた指は、その場所をぐりぐりと押し回した。

「あっ、ハァ……ぁぁ」

脚のあいだから生まれる刺激が腰に広がっていく。脚の付け根が攣《つ》って、お尻に力が入った。

両膝をつけてもじもじと腰が揺れる。そうすると挟みこんだ護の手がよけいに秘裂を刺激して官能が騒いだ。

「あっ、ぁぁ……や、やぁ、手……ンッ」

「それなら、手はやめよう」

潔すぎるセリフを吐いて、護が秘裂から手を外す。が、ショーツをスルっと脚から取られ、ついでにワンピースもベッドの下に落とされた。

「えっ⁉　早っ！」

一連の行動が素早すぎて脱がされたほうがびっくりする。あまりにもびっくりしすぎて、全裸にされたのに身体をかくすのも忘れ護を凝視してしまった。

「そんなに疑わしく見なくても大丈夫。俺も脱ぐから」

「はい？」

力強く断言し、護がボトムスに手をかける。さすがにこれには素早く顔をそらした。

上半身を裸にされたとき、ふたりで脱げば不公平じゃないから芽衣も恥ずかしくないという説を打ち立てていた。今回もそれを実行しているのだろうが、上半身にしろ下半身にしろ、本当に潔すぎる。

「苦しかったから、ちょうどよかった」

衣服がベッドの下に落とされる気配。護が安堵するように息を吐く。

「苦しいって……どうかしたんですか？」

「うん、芽衣がかわいすぎて興奮しすぎたから、もうパンパンで。本当のことを言えば早く脱ぎたかった」

なにがパンパンだったのかを、そんな爽やかに語られても困る。

膝を立てたままぴったりと閉じた両脚を、護がゆっくりと撫でる。摑むように移動し、しっとりとしみこんでくる手の感触が心地いい。

「想像以上だ。本当に、芽衣はかわいい」

そんなに感慨深げに言われると照れてしまう。いつの間にかすっかり呼び捨てになっているし、こういう状態だからか、護が妙に頼もしく見えて胸の奥がきゅんきゅんしっぱなしだ。

（ただでさえかっこいいのに、こういうときってよけいにかっこよく見えるのかな）

脚を撫でられてうっとりしている場合ではなかった。唐突に両脚を大きく広げられてしまったのだ。

「ひゃぁん⁉」

「だからっ、声がいちいちかわいいっ！」

とっさに出てしまった高い声に物申し、護は先ほどまで指で刺激していた秘裂に唇をつける。

驚いて腰が震えた次の瞬間、彼の舌が潤いの中で動いた。

「あっ……！　そこ、はぁ……」

伸ばした両手は彼の髪を掴む。そのまま押してみるが、当然のように彼の顔も舌も離れない。

「堂じ……！　は、ぁ、あっ！」

ぺちゃぺちゃと音をたてて動く舌が、今までとは違う愉悦を連れてくる。戸惑うよりも、もっと先に進んでほしいと思わせる感触。舌で恥ずかしい部分に触れられるという行為を、恥辱を感じながらももっと求めてしまう理不尽さ。

（どうしよ……きもちいい……）

そう思うだけで下半身が潤う感触に見舞われる。自分の身体はどうなってしまったのだろう。こんなふうになるのは初めてだ。

「はぅンッ……！」

極上の愉悦に蕩《とろ》けてきたころ、また新しい刺激がやってくる。今度はとても鋭いもので、ちくちくとした痛みにも似た感覚を伴った。

かといってなにか痛いことをしているわけではなく、秘裂の上のほうを舌でくすぐっているだけだ。

「ん、んっ……ダメ、え……そこぉ、ぁぁ……」

「まだ刺激が強い？　じゃあ、こっちは？」

「あっ……！」

上のほうで円を描くように舌を回される。なにかを中心にして、その周囲で舌を動かしている。ずくずくしたじれったさが募るものの、痛みのようなものはない。

「ううん……ハァ、あっ……や、だぁ……」

しかしなぜだろう。今度は秘裂の奥がヒクついて、もどかしさで切なくなってくる。

——もっとさわってほしいと、官能が我が儘を言う。

「堂……島さっ……あっ、ンッ」

両脚が焦れてシーツの上を行き来する。彼の髪を摑んだまま身体をくねらせると、両腕で寄せられた胸のふくらみが強調されて淫らな気持ちが顔を出す。

「ここ、ヒクヒクしてるの。わかる？」

切なくなっている入り口を指で叩かれ、芽衣は息を吞んで首を小刻みに縦に振った。

「わ……わかっ……ぁあっ」

指でその部分に触れられるだけで、お腹の奥からあたたかいものがあふれ出してくる。

最初にショーツの上から押されたときとは、身体の反応がまったく違っていた。

「ヒクヒクしてかわいそうに。ちょっとスッキリしておこうか」

「スッキリ……？」

なんのことだろうかと思っているうちに、護が膣口《ちつこう》で舌を使い始める。舐め上げては舌先でくすぐり、咥《くわ》えこんでじゅるじゅると蜜液を吸い上げた。

「ああっ、やっ、ぁあんっ……！」

吸い上げられる刺激が身体の中にまで伝わってくる。どうにもならないもどかしさが溜《た》まったタイミングで、彼の指先が秘部に息づく小さな突起を押しつぶす。

先ほど鋭い痛みを感じたはずのそこは、今度は鋭い快感の先導役となった。

「あァァ……やぁンッ――――！」

小さな火花が弾けて、腹部に力が入り波打つ。一瞬だけ白く瞬いた思考は、護が内腿に吸いついた刺激で意識を保った。

「びっくり……した……」

吐く息と一緒に言葉が出る。ちゃんと発音できていたかもわからなかったのに、護は芽衣の言葉を拾ってくれた。

「びっくり？　気持ちよすぎて？」

「そ、それも、ありますけど……。頭の中が、真っ白になったから……」

あれだけ感じた姿を見せておいて「違います」とも言えない。素直に口にすると、護がクスリと笑って身体を起こす。

彼の髪を摑んでいた手がするっと落ちる。片手は身体の横に。もう片方は腹部に。腹部が動くたびに、膣孔に力が入り……ゆるんで、が繰り返される。それだけなのに、また心地よいものが集まりそうになっていく。

「素直にイってくれたから、よかった。ちょっとだけスッキリした？」

「はぃ……すみません」

「どうして謝る？」

「あ……」

答えづらい。初めて経験する感覚に必死だったけれど、こうしてひと息ついてみるとずいぶんと恥ずかしい反応を彼に見せてしまっていた。

「あの……、大きな声出しちゃったり……、なんか恥ずかしいなって……」

「そんなこと気にしなくていい」

護がベッドの下に落としていたジャケットからなにを取り出し、封を開ける。それがなにかはっきりと確認できたわけではないけれど、推測で顔をそらす。

おそらく、避妊具ではないかと思うのだ。

「むしろ、自分を見失うくらい気持ちよかったんなら、それに越したことはないし」

「はい……」

「ああ、ひと声かけるのを忘れたけど、ちゃんと避妊対策はするから、心配しないで」

「は、はい……」

「確認する？　着けちゃったけど」

「しっ、しませんっ。なに言ってるんですかっ」

からかっているのだろうとわかるのに、ついムキになってしまう。護は誠実な人だと感じているので、もし言ってくれなくても心配にはならなかったと思うが、気を使って安心させてくれるのは嬉しい。

「俺は芽衣の恥ずかしがるところを見たし、芽衣も見ないと不公平かなって」

「……恥ずかしいって、思ってます？」

軽く覆いかぶさってくる護を横目で見ながら聞いてみる。ちょっとだけ動きを止め考えこんだ彼は、真面目な顔で答えた。

「芽衣になら恥ずかしくない。むしろ、見せたい……かも」

「変質者みたいなこと言わないでください。おまわりさん呼びますよ」

にこっと笑顔になった護が、芽衣の両脚を開いて腰を入れる。

「はい、おまわりさんです。変質者はどこですか？」

そういえばそうだった。芽衣は無言で護を指差す。すると、その手を取られて彼の肩に回された。

「ではその変質者をしっかりと捕まえていましょう。逃がさないように、がっちり掴んでいてください」

もう片方の手も肩に回される。結果、抱きつく形になったので、これが狙いだったのかもしれない。

(抱きついてほしいなら、言ってくれれば喜んで抱きつくのに)

何気に、自分の思考に疑問が湧く。喜んで……は、言葉のあやだろうか。なにも考えずに出てしまっただけだろうか。これでは、芽衣が護に抱きつきたがっているみたいだ。

考えこみそうになった芽衣だったが、おどけていた護の雰囲気がスッと落ち……。

「しがみついて」

真摯な声が耳朶《じだ》を打つ。同時に下半身を貫く衝撃が走り、否が応でも芽衣は護に強く抱きついた。

「あっ、ぁ……ンッ！」

出そうになった叫びを、唇を合わせてきた護にふさがれる。すぐに舌をさらわれ搦《から》めとられた。

「は……フ、ぅ……あっ！」

激しく絡まってくる舌が、出そうになる声をふさぎ叫びもすべて吸い取ってしまう。そうしながら護は、着々と芽衣の隘路《あいろ》を押し拓いていった。

ぐっぐっぐ……ぐっぐっぐ……と、硬いものを狭い場所に押しこむときのリズムで、確実に芽衣の中へとはまっていく。

痛くない、わけではない。けれど、キスの激しさに意識を持っていかれて下半身にまで構っていられないのだ。護に抱きつき力を入れることで、ひとまず破瓜《はか》の痛みはクリアできそうな気持ちにさえなっている。

それより、護の濃厚なキスが気持ちよすぎる。

搦めとられた舌の周囲をぐるぐると舐め回され、唇でしごかれるとなにも考えられなくなるくらい気持ちいい。耳の中までジンジンしてきて、三半規管がおかしくなってしまったのではないかと思うくらいふわふわする。

脱力した舌をもてあそび、口腔《こうこう》内を余すところなく貪られる。下顎や口蓋を擦られると喉を反らして息を弾ませるほど刺激的だ。

口の中が潤って、気持ちよさのあまり嚥下《えんげ》することも忘れる。彼が下顎で舌を弾くとぴちゃぴちゃと音がして、自分の唾液だと思うと恥ずかしくなるのにまた口腔が潤う。

出し抜けに胸の突起を指で擦られ、胸に力が入ったぶん下半身が脱力する。それを狙ったかのように護が一気に進入し……息を詰めて止まった。

「んんんンッ……！　ぁっ、はぁぁ……」

喉でうめいたあとに唇が離れる。ゆっくりと顔を上げた護の唇から銀糸が糸を引き、途切れたところで芽衣の唇に落ちる。

今まで護がすくい取ってくれていた口腔の潤いが、半開きの唇からあふれてたらたらと流れた。

「芽衣……」

「ふぁぃ……」

「垂らすな、もったいない」

再び唇が重なり、護が口腔内に溜まった潤いをじゅっと吸い取る。唇の端から垂れた跡まで舌でなぞった。

「口の中までびちゃびちゃにして。仕方がないな、芽衣は」

「らって……ひちゃひちゃに……なゆ……」

あまりにも舌をもてあそばれたせいか、舌の感覚がない、というか上手く回らない。舌っ足らずが過ぎる。おまけにトーンが高くなっているせいで、よく言われる萌え声になってしまう。

自分の声に慣れてはいても、さすがにこれは恥ずかしい。思わず護から視線を外すと、ぐんっと腰を揺らされた。

「ひゃぁあっ……！」

「萌え声、芽衣が出してるのかと思うとたまんないな。新たな趣味に目覚めそうだ」

「にゃ、にゃに言って……あっぁぁ……」

「うん、かわいい」

満足そうに護が小刻みに腰を揺らす。ぱんぱんになった隘路《あいろ》が擦り動かされる感覚が、じわじわと全身に広がってくる。

「ふぁ……ぁっ、らぁめぇ……動いちゃ……あっァンッ」

「駄目？　動いたら痛い？」

真顔になった護が動きを止める。せっかくご機嫌だったのにあまりにも潔くピタッと止まったので、なんだか申し訳なくなった。

「ほんなに……痛くは……」

まったく痛くないわけではない。それでも護が中にいるのだという充溢《じゅういつ》感のほうが大きく強力で、そちらのほうにばかり意識を取られるせいか痛みが曖昧になる。

「お、おっきいものでいっぱいになってるから……からが、びっくりしてて……」

「芽衣は無自覚にエロいことを言う」

「ふえっ⁉」

考えてみれば、少々言葉選びを誤った気はする。しかしこういうときは、表現を気にする余裕はない。

「大きいほうだとは思っていたが、ハジメテの芽衣に言われると、なんだかすごい優越感だ」

「すみませっ……らんか、おかひぃこと言って……」

ハジメテなのに「大きい」とかなんとか言っては、まるでほかのを知っているみたいだ。にわかに慌てる芽衣の唇に、護がちゅっとキスを落とし言葉を遮った。

「芽衣、舌出して」

真顔がふわっとやわらぐ。それにのせられて芽衣はペロッと舌を出した。

その舌に護の舌が触れ、軽く撫でる。

「舌っ足らずになるくらい、いじめてごめん」

芽衣は舌を出したまま、目で笑う。

「堂ひまさんのキス、気持ちよかったから、大丈夫れす」

だいぶ滑舌が戻ってきた。それでも「堂島」と言えなかったせいか、護が首をかしげてお願いをするように芽衣を見た。

「堂島、が言いづらいみたいだから、『護』って呼んでほしいな」

「え……」

「名前で呼ぶのが恥ずかしいなって思うなら、芽衣先生ふうに呼べば大丈夫なんじゃないかな？　『まもるくん』とか『まもちゃん』でもいいけど」

「いやあの……そこは、普通に……」

年上の男性に対して、そんな特殊な呼びかたをするほうが恥ずかしい。

「残念。芽衣先生にかわいく呼んでほしかったな」

「本当に、新たな、趣味に……目覚めてませんか?」

ちょっと引っかかったが、やっと痺《しび》れがなくなって普通に話せるようになってきた。護の舌キスが効いたのだろうか。

これなら「堂島さん」と普通に呼べるだろう。しかし……。

(護さん、って呼んでみたい……)

そんな欲求が湧き上がる。「護さん」と発することを思うと、お腹の奥がきゅうっと絞られるように切なくなる。現に今も、きゅうっとして脚の付け根がヒクヒクした。

「ん? そろそろ動いてほしい?」

「どうして、ですか?」

ちゃんと発音しようと意識しながら口を動かせばなんとかなる。さらば、舌っ足らず。

「俺を咥えこんでいるところが、咀嚼《そしゃく》しているみたいに動いてるから。ほしいのかな、って思った」

「くわえっ……」

なんというたとえをしてくれるのか。しかし反論はできない。

おそらくそのとおりなのだ。充溢感で苦しいくらいなのに、それがなにか心地よいものにすり替わっていこうとしている。身体の奥底から、じわじわともどかしさがしみ出してくる。

「って、芽衣にかこつけているけど、俺が芽衣を感じたくて我が儘言ってるだけ」

我が儘ではない。きっと、無理をして我慢している芽衣のほうが我が儘だ。

「いい、ですよ……」

芽衣は小さな声で言って、護に回していた腕で彼に抱きつく。

「動いて……いいですよ。――護さん」

彼の名前を口にすると、やはり蜜窟が収縮する。いっぱいに詰まった彼自身の大きさを覚えてしまうくらい隘路が締まっていった。

「芽衣、もう一度呼んで」

「護さ……ぁんっ」

リクエストに応えたのに、口を開いた瞬間に護が腰を引いてすぐに屹立《きつりつ》を挿しこんでくる。その刺激に反応しておかしな呼びかたになってしまった。

そのあとも護は、ゆっくりとした抜き挿しを続けながら芽衣を煽《あお》っていく。

「もう一回」

「ン……んっ、護、さンッ、ぁぁ……」

「萌え声で」

「護さん、ぁぁンッ、おなか、ずくずくするぅっ」

「マズイな、それ癖になるっ」

興奮した様子で、護は腰の振りを速める。

大きな質量が身体から出たり入ったりするのはなんだか不思議な感覚で、自分の身体がなにかに支配されているみたいだ。

「あぁっ、ぁンッ……護、さ、ん……！」

擦り上げられる蜜路に意識の全部が集中して、深くまで挿入されたときの圧迫感がすごい。しかしそれは苦しさを伴うものではなく、今にも弾け飛んでしまいそうな愉悦を感じさせるものだった。

抜き挿しのスピードが増すと、繋がった部分から聞こえる、ぐちゅっぐちゅっという粘着質な音が気になりだす。耳障りなのではなく、とても濫《みだり》がましいものに感じて、高揚するのだ。

こんなふうに興奮するのはおかしいのではないか。ハジメテなのに。つい先ほどまでキスもしたことがなかったくらい、なにも知らなかったのに。

「あっ、あっ、ヘンな……ヘンな音、するぅ……やぁぁん」

「芽衣が、気持ちイイ気持ちイイってあふれさせているんだから、仕方がない」

「や、やぁぁ、違う……やぁぁんっ」

「違わない。……ほらっ」

芽衣がギリギリ腕を回していられるところまで上半身を起こした護が、腰を強く押しつける。繋がる部分を押しつけながら腰を回すと、内奥が擦られて身体の内側から潤ってくるのがわかる。

「またあふれてきた。気持ちイイんだ？　芽衣？」

「あっ、あっ……ハァ、深……そんなに、オクで……ダメェ……」

「まだオクに行けるけど？」

「ダメ……え、おなか、壊れちゃ……あぁぁっ」

滾《たぎ》りの切っ先が蜜洞の壁を穿《うが》ち、その身を押しつけてくる。ピリッ、ピリッと走る電流は、痛みではなく甘い快感を与えてくれた。

それを感じているうちに愉悦が膨らんでくるのがわかる。もっともっとと求める身体が知らず腰を揺らめかせた。

「ああっ、アンッ、ん……やぁ、あっ……ピリピリするぅ……」

「かわいいな、芽衣……。優しくする約束、守れなくなりそうだ……」

口に出したのは、護の降参の合図だったのかもしれない。彼が上半身を起こすと芽衣の腕が外れる。その腕がシーツに落ちる前に腰をせり上げるように突きこまれ、芽衣は嬌声《きょうせい》をあげながら頭の左右で枕を摑んだ。

「あああっ……！」

「芽衣っ……」

芽衣の腰を両手で持ち支え、護は堪えていたぶんを吐き出すように雄芯を叩きこむ。芽衣の濫がましいかわいらしさに煽られた劣情が、やっと拓いたばかりの隧道《ずいどう》を容赦なく擦り上げた。

「あっぁぁん……！　ダメッ、ぁあっ……壊れちゃ、ぅっ、ぁアンッ、護さっ……！」

強く枕を摑み、首を左右に振って啼《な》き声をあげる。突きこまれ揺さぶられて、胸の上で柔らかなふたつのふくらみがまろやかに揺れ動く。

誘われるようにその先端に吸いついた護は、口腔内でじゅくじゅくと吸いたてる。突かれる刺激だけでも身体がおかしくなってしまいそうなのに、快感を上乗せされて、芽衣は背中をしならせて悶えた。

「あぁぁ、ダメ、なんか、なんか……ヘン、だからぁ……！」

この感覚がなんなのか、自分でもよくわからない。身体の中でなにかが弾けてしまいそうな予感。怖いのに、身体はそれを望んでいる。先ほど頭の中が白くなったときの感覚にも似ているが、同じものだろうか。

それよりも、もっと大きなものが迫っている気がする。

「護さん……護、さぁンッ、わたし……あぁん、もう……！」

「わかった。イかせてやるから。素直に感じて」

「え……？　ひゃぁ、アンッ！」

激しい律動に身体が限界を叫ぶ。大きく背中をしならせ強く摑んだ枕を引っ張って、芽衣は絶頂を叫んだ。

「やぁぁっ……！　護さ……まもる、さぁん、あああ――‼」

「めいっ……！」

珍しく苦しげな護の声が聞こえた。その声が遠くなる。高みへ上り詰めた次の瞬間、光の波にさらわれ意識が手から離れていきそうになる。

が、同時に達した護が覆いかぶさり、強く芽衣を抱きしめたのだ。

汗ばんだ肌、あたたかな体温、感情の高まりを思わせる腕の力。そのすべてが、芽衣を引きつけて離れられなくする。

「まもる……ハァ、さん」

息があがって上手く声が出ない。口で息をしながら乱れる呼吸を戻そうと大きく息を吸う。そうしながらも護の背に腕を回し、今入れられるすべての力で抱きついた。

そんな芽衣の髪を撫で、護はひたいやまぶたにキスをする。落ち着いた様子で呼吸の乱れも感じない。こんなに息も乱れるほど興奮してしまったのは自分だけなのだろうか。

そう思うと恥ずかしい。

「ありがとう、芽衣」

「なにが、ですか？」

「処女なのに、一方的にプロポーズをしている俺に抱かれてくれたこと。……酔った勢いだったなら後悔するだろう。……すまない」

「そ、そんなことないですよ……」

そんなに申し訳なさそうにされると焦る。かえって、芽衣のほうが申し訳なくなってしまう。

「酔ってはいましたけど、そんなの、話をしているあいだに醒めたし、わたしは……いやじゃなかったです。……護さん、優しかったし」

「途中で、優しくなりきれなかったところもあったけど」

「それでも、あの……」

ちゃんと感じさせてくれて、戸惑っていればリラックスさせてくれて、ハジメテの芽衣を導いてくれた。

性的な知識の中には、初体験は痛いばかりでちっとも気持ちよくなんかない。とか、処女を面倒に思う男もいる、とかあったのに、まったくそんなことはなかった。

痛みは一瞬だったし、自分の身体じゃなくなったのではと思えるほど感じて、驚くほど潤った。気持ちよくて……高揚した。

すべて、護が抱いてくれたおかげではないか。

「私は……、ハジメテが護さんで、よかったって、思います……」

「ありがとう、芽衣。そんなに嬉しいことを言われたら、また腰が動きそうでヤバイ」

「え……」

そういえば、護自身はまだ芽衣の中に入ったままだ。相変わらず張り詰めていて不思議に感じる。

(男の人って、ダしたら小さくなるんじゃないの？)

芽衣はハッとする。もしや護は、まだ達していなかったのでは。

芽衣が派手に達してしまったので気を使って動くのをやめたのではないか。自分の欲望だけで動いたら芽衣が苦しくなると考えて、ひとりで苦しさを負っているのでは……。

男性は射精を我慢すると病気になるという話を聞いたことがある。誰かに聞いたのか、なにか調べもののついでに頭に入ってしまったのかは覚えていないが、本当ならこれは大変なことではないか。

「あの、護さん……いいですよ」

「なにが？」

「う、動いて……いいですよ。入った、ままだし」

こんなことを口にするのはとんでもなく恥ずかしい。けれど護が体調を崩したら大変だ。そうじゃなくても健康管理に気を使わなくてはならない仕事をしているのに。

「芽衣はいいの？　大丈夫？」

少し上目遣いに護を見て、首を縦に振る。キュッと抱きしめられ、護の嬉しそうな声が聞こえた。

「ありがとう、芽衣はハジメテだったし、無理はさせちゃいけないと我慢していたんだけど、すぐ二回目のOKをもらえるとは思わなかった」

「……え？　二回……」

「嬉しいけど、このまま二回目突入はヤバイだろ。せめてゴムは替えるから。使い回しはもっとヤバイ」

「……使い、回し？」

「正直なところ、一回ダしても収まらないから、どうしようかなって思っていた。かわいいだけじゃなく、芽衣が天使に見えてきた」

「……一回、ダした……」

——直後、自分の大勘違いに気づく。

（うわああああっ！　恥ずかしい恥ずかしい恥ずかしいいいいいいっ！　それもこれって、わたしから二回目のおねだりをしたみたいな感じになってない⁉）

恥ずかしさのあまり、芽衣は護の胸に顔をつけてぐりぐりと擦る。楽しげに笑いながら、彼が芽衣の頭を撫でた。

「そんなに焦れても駄目。ちゃんと替えてからな。少し我慢して。そうしたら、さっきより気持ちよくしてやるから」

（さっきより……？　いや、そうじゃなくて、そんなことにドキッとしてる場合じゃなくて、ああっ、とにかく恥ずかしいっ）

思わせぶりなセリフに惹かれかけるものの、この勘違いと誤解を説明する意味はあるだろうかと考え、芽衣は護の胸でこの恥ずかしさの向けどころを見つけ出せない。

「芽衣は……本当に、いい子だ」

……それなので、護が感慨深げに呟いたセリフを、意識の外にしてしまったのだ。

「……〝あの人〟が、言っていたとおりだよ……」

護の頼りがいのある腕の中で、自分の恥ずかしい言動に、ただ焦るばかり……。

＊＊＊＊＊＊＊

――もうそろそろ、夜が明ける。

少し眠ったほうがいいのはわかっている。けれど護は、腕の中で寝息をたてる芽衣から目を離すことができなかった。

「……かわいいな」

自分の小さな呟きがとても大きく聞こえる。それほど寝室は、夜明けの気配を前に静寂に包まれていた。

護が黙れば聞こえるのは芽衣の寝息だけ。これが聞きたくて己の呼吸さえひそめてしまう。寝息までかわいいと思えてしまうとは。

左腕に芽衣を抱き、右手で白い頬に触れる。ほんわりとあたたかな頬。快感に上気しているときには赤く染まり、熱を放っていたというのに。

(かわいかったな……。あんなに感じやすいとは思わなかった)

そのせいか予想外に煽られた。処女だしスレたところのない女性なのだから優しくしよう、そう思っていた。もしも途中で「やっぱり怖い」と泣かれたらやめるくらいの気持ちでいた。

それなのに……。

(夢中になったうえ、二回目のお許しをもらえて調子にのってしまった)

護はギリッと奥歯を嚙《か》み締める。我ながらおとなげない。しかし芽衣も二度目になると、より快感の受け止めかたが上手くなっていた。護も煽られっぱなしでなかなか芽衣を放せない。

結局、彼女が快感で失神するまで抱き続けてしまった……。

（ごめん、芽衣）

護は心の中で芽衣に謝る。体力には自信がある。しかしその体力を駆使して彼女を抱いたのは……ちょっとまずかったような……。

ひとり気まずくなりつつも無垢《むく》な寝顔に癒やされる。仕事柄、神経を張り詰めていることが多いせいか、彼女を見ていると心から安らぐのだ。

お見合いの席で「ひと目惚れ」と言ったのは嘘ではない。

先に部屋で待っていたのは芽衣のほうだった。護も時間どおりに到着していたが、一応「遅くなりました」と言って部屋に入ったのだ。

座ったまま護を見上げた芽衣を視界に入れた瞬間……彼女の周囲の空気が、違って見えた。

いつも自分が触れている空気とは違う、清々しさ、凝り固まったものを優しくほぐしてくれる包容力。彼女が纏《まと》う雰囲気そのものに惹かれずにはいられなくて、速攻でプロポーズに至る。

……それが、彼女に警戒心を与える原因にもなったような気もするが、後悔はしていない。

どちらにしろプロポーズすることを前提に申し出た見合いだ。

松村課長と飲みにいったとき、殉職した同僚の話になった。護にもそんな同僚がいるが、悔やんでも悔やみきれないのは、ＳＰとしての大先輩であり恩も教えも受けた、芽衣の父、高羽氏その人である。

課長と高羽氏は同僚であると同時に親友同士だ。だから、高羽氏の娘を心配する言葉が出たのだろう。

『娘が立派に成人するのを見届けられなかった高羽も気の毒だったが、それより不憫《ふびん》なのは娘のほうだ……。一生、父親の本心を知ることはないんだろうな』

高羽氏と娘とのあいだに深いわだかまりがあるのは、高羽氏本人から聞いて知っていた。まさしく芽衣が話してくれた事件がきっかけになり、父娘のあいだに深い溝ができたことも。

高羽氏は雑談中に家族の話になれば、娘がどれだけいい子でかわいいかを自慢する親馬鹿な人だった。

そんな人が、一度だけ気弱な言葉を漏らしたことがある。

『娘は、一生私を許さないかもしれない。幼い娘を事件現場に置き去りにしたんだ。私のこともSPという職業も、嫌悪し続けるだろう。それでも、私はあの子がかわいくて仕方がないんだよ。親馬鹿なのは自覚している。……私になにかあったら、娘を頼む。……なんて、父親と同じ職業の男じゃ駄目か』

冗談めかして、つらそうに……笑っていた。

高羽氏が仲間思いでよく笑う明るい人だと、彼の娘は知っているのだろうか。

ひとり娘の話をするとき、どれだけ幸せそうな顔をするか。どれだけ、娘を想っていたか。

それを教えてやりたいと思った。そして、彼女の父親が人の命を守ることに対して、どれだけ誇れる仕事をしてきたか。

尊敬する先輩が大切にしてきたひとり娘。不憫な思いなどさせたくない。彼女に父親の本当の想いを伝え、彼女に幸せな道を歩ませてあげることが自分の使命だと、本気で思ったし、自分にはその義務さえあると思った。

高羽氏の娘と見合いがしたいと課長に言ったとき。ずいぶんと驚かれた。

当然だ。課長である松村は、とある事情で護と芽衣が接触するのは好ましくないことを知っている。

それでも頼みこんで、見合いの算段をつけてもらったのだ。

結婚して彼女を幸せにすることが、高羽氏に対する恩返しだ。だが、そうすることで胸の奥にわだかまり続ける、とある罪悪感を払拭しようとしている自分も感じていた。

(真実を告げないままここまでしてしまった俺は、ずるいのかもしれない)

芽衣と結婚したいという気持ちは変わらない。確かに最初は高羽氏への恩返しの目的が大きかったが、会うたびに彼女に惹かれていく。

昨日だって、きっといつもはかくしている自分自身を見せてくれた。護の前で弱音を吐き、笑顔を崩し、トラウマになっている過去を話してくれた。

護を信用してくれたのだと思いたい。決して酒の力によるものだったのではなく、抱かれたのも彼女の意思だったと。

「ん……」

芽衣がかすかに身じろぎし、思考は中断される。起きる気配はなく、彼女は変わらず天使のようなかわいい顔で眠っていた。

「芽衣……」

小さな声で名前を呼び、芽衣のひたいに唇をつける。

いずれは、彼女がまだ知らない真実を話さなくてはならない。彼女と結婚して幸せにしたいなら、避けては通れない道だ。

話したら、彼女はどう思うだろう……。

その不安が、護の口を重くする。

＊＊＊＊＊＊＊＊

護と一夜を過ごしてから一週間。頻繁に連絡がくるようになった。

メッセージは毎日だし、程よい間隔で電話もくる。そして、仕事が終わって都合がつくときには会うようにもなっていた。

「今日はありがとうございました。買い物にまでつきあってもらっちゃって、すみません」

芽衣が住む単身者用アパートの横道で護の車が停まる。助手席でシートベルトを外しながらお礼を言うと、運転席の護もシートベルトを外した。

「とんでもない。むしろちょっと楽しかった。ああいったファンシーなお店に入ったのは初めてだな」

「護さん……かなり目立ってましたもんね」

仕事が終わってから、食事の前に雑貨店につきあってもらったのだ。保育園の「子ども縁日」で使うラッピング資材を選びたかったのである。

そのお店がファンシー系で、店内には時間的に女子大生やOL、制服姿の女子高生などがいた。場違いの凛々《りり》しいイケメンに、視線が集中しないわけがない。

女性の視線を集めるなんて珍しいことではないのだろう、護は平気な顔で芽衣が選ぶものを興味深そうに見ている。そのうち一緒に選びだした。

楽しそうでなによりではあるが、そんな顔面偏差値の高いイケメンと一緒にいる芽衣には周囲の囁き声が聞こえてくる。

『かっこいい〜、声かけようよ〜』

『隣、なに？　カノジョ？　まっさかぁ』

『妹とか、親戚とかでしょ』

『うちらのほうがかわいいし〜』

マイナスの言葉を向けられたときには、子どもに言われたのだと脳内変換することにしている。ツインテールのちょっとおしゃまな六歳児が「あたしのほうがかわいいのぉ！」と涙目で意地を張っていると思えば「はーい、そうだよねー、かわいいねー」と受け流せるのだ。

そんな買い物を経て、中華料理店で食事をし、最後にコンビニで護がビールを買い、ついでに芽衣にも新作のカップスイーツを買ってくれた。

おじいちゃん店員が「ふたつ入れておくからね」とニコニコしながら袋にスプーンを入れてくれたのが本日のハイライト。どうやら恋人同士がひとつのカップスイーツをふたりで食べるのだと思ったらしい。

店を出たあと、護が真顔で「このコンビニ、また来よう」と言っていたのがおかしかった。

そうして芽衣のアパートまで送ってくれたのだが……。

（今日も……ここで終わりなのかな）

胸がキュッと痛くなる。先週から数回会って、食事をしたり買い物をしたり、また、ドライブをしたり夜のウォーターフロントを歩きながら話をしたり、デートっぽい雰囲気のときもあった。

だが、そのあとは芽衣をアパートに送ってくれて終わり。それ以上のことが起こりそうな気配もない。

先に車を降りた護が助手席のドアを開けてくれる。後部座席に置いていた荷物を持って、芽衣が降りたところでドアが閉められた。

「荷物、部屋の前まで持っていくから」

「そんな……！　申し訳ないです。紙袋ひとつだし、わたし持てます、大丈夫です」

言ってしまってからハッとする。つい遠慮してしまったが、彼は部屋の前まで持ってくれると言った。

部屋にあがってもらうチャンスだったのではないか……。

「そう？　わりと重いよ。気をつけて」

後悔先に立たず。あっさりと荷物を渡されてしまった。正直全然重くない。もしや荷物を持って部屋の前まで行って、芽衣が「お茶でも飲んでいきませんか」と言うのを期待してくれたのではないだろうか。

ちょっとした希望を持って、芽衣は気を取り直す。

「あのっ、護さんっ」

いきなり声を張ったのでおかしかったのだろうか。護がクスリと笑う。

「なに、芽衣?」

「……これ」

芽衣はカップスイーツがひとつだけ入った小さな袋を掲げる。これから口にする言葉が照れくさくて、護の顔を見ていられない。視線と一緒に顔が下がった。

「部屋で……一緒に食べませんか?」

(言えた!)

口にできたことを喜び、さらに自分を鼓舞する。

「スプーンもふたつ入れてもらったし、せっかくだから……」

ふわっと芽衣の身体に護の腕が回った。しかしそれは抱擁にとどまる。

「ありがとう芽衣。けど、それは芽衣が食べな。俺は帰ってビールの一気飲みでもして寝るから」

「……一気は、駄目ですよ」

「うん」

軽くキュッと抱きしめられる。しかし続きはない。芽衣を放し、護はすぐに車へ戻ってしまった。

助手席側の窓が下げられ、護が手を上げる。

「じゃあ芽衣、また連絡するから」

「はい。車、気をつけてくださいね」

走り去る車を見送り、ハァっとため息をつく。手を下ろしきれず胸のところで止まったままの小さな袋が目に入ると、急に恥ずかしくなった。

（部屋に誘うとか、なにやってんのわたしっ。それもあっさりフラレてるし！）

今になって顔が熱い。芽衣はとぼとぼとアパートに向かって歩きだした。

——初めて護に抱かれた日から、彼はキスのひとつもしようとはしない。

会ったときは相変わらず優しいし、彼と一緒にいると安心できて、普段は言えない弱音も吐けてしまう。

言葉を交わすごと、姿を視界に入れるごとに、護が芽衣の心の中に入ってくるのがわかる。手を繋いだだけでドキドキは大きくなるし、肩を抱かれただけで体温が上がる。

けれどそこまでだ。それ以上を、護は求めない。

（わたしが、おかしいのかな……）

アパートの鍵を開け、中に入る。荷物を廊下に置いてドアの鍵をかけ……こつん、とドアに頭をぶつけた。

「わかんない……」

護が芽衣を求めてこないからって、どうしてこんなに不安にならなくちゃいけないのか。お見合いをして少し親しくなった男性と、一度だけ身体の関係ができてしまった。今のふたりの関係はそれだけでしかない。

だいたい、お見合いはしたが芽衣は即効で断った。護は諦めないと言って芽衣に会いにきたり食事に誘ったりしてくれる。気持ちがほだされて抱かれても、ふたりは恋人同士でもなんでもない。

護は誠実な人だ。雰囲気に呑まれて一度は肌を重ねたが、恋人になったわけではないのだからこれ以上手を出してはいけないと思ってくれているのかもしれない。

「……真面目な人」

ぽつっと呟いて、涙が浮かんだ。

真面目だから、芽衣に手を出さないのだと思いたい。

抱いてみたけど身体の相性が合わないと感じ、そもそもこのお見合いはまだよい返事がもらえていないし、この話はなかったことにしてもらおう……と考えている。……なんて、自分のいやな妄想だと思いたい。

あの日、彼を不快にさせただろうか。父との確執を招いた事件の話をしたのが悪かったのだろうか。トラウマを背負った女は重いと感じさせてしまったのかも。

SPなんて嫌い。ずっとそう思ってきた。

仕事のせいで父が亡くなって、母が悲しむ姿を見てきたから。それがつらくて、父を奪ったうえにこんなにも母を悲しませるSPなんて大嫌いだ。自分はそんな相手と結婚しない――そんな、子どもの我が儘のような感情を持ち続けていた。

それなのに、今、芽衣の心を揺さぶっているのは、大嫌いなはずのSPだ。

そんな人に甘やかされて、大事にされて、気持ちがかたむいている。

護に惹かれている――それは認めざるを得ない。でもお見合いの返事を保留にしているのには理由がある。

先日会ったとき、護の腕に打撲のあとがあった。仕事中のものだと聞いて、とっさに危ない目にあったのではと血の気が引いたのだ。

蒼白《そうはく》になる芽衣を抱擁して、護は荷物の移動中にぶつかったときのものだと教えてくれた。なぜそんな反応をしたのか護にはわかるのだろう。芽衣の頭を撫でながら呪文のように繰り返した。

『俺は、絶対仕事で死なない。約束しただろう？　芽衣をひとりにしないって』

「……ひとりに……しないで」

ポツリと、心の言葉がこぼれる。

——苦しい。胸に詰まったままの気持ちが苦しい。

気持ちを伝えられたら、きっと楽になるのに。

つきあって恋人になったら、結婚したら。彼が怪我をするたびに心配で心配でたまらなくなるのだろう。

頬をあたたかいものが伝っていく。胸の奥で切なそうにはためく想いが、そこに護の姿を映しだす。

——彼は、大嫌いなSPなのに……。

「でも……わたしは……護さんが……」

苦しげに呟き、芽衣は唇を引き結んだ。

＊＊＊＊＊＊＊

芽衣をアパートへ送り届けたあとしばらく車を走らせていた護だったが、帰路の途中で横道に入り路肩で停止した。

「はぁぁぁ〜」

我ながら情けない声が出る。両手をハンドルの上に引っかけ顔を伏せた。

(芽衣がっ、かわいいっ!)

——部屋で……一緒に食べませんか?

緊張したのか、ちょっと萌え声になったか細い声。赤く染まった頬。きっと、勇気を振り絞ったうえでのひと言だったのだろう。

(食べたいに決まってる! いや、スイーツのほうじゃなくて、芽衣のほう!)

我慢しきれない感情が本音を叫ぶ。声に出していないので護的にはセーフだ。

芽衣が護を受け入れてくれたあの夜、せめて次は、お見合いへのいい返事をもらって結婚を前提につきあっているという形を作ってから、改めて芽衣を抱きたいと考えた。

芽衣には一度断られているが、護は諦めない。彼女は高羽氏が職務中に亡くなったからSP嫌いになっている。護がSPを辞めれば結婚できるのかもしれないが、仮に辞めたとして、自分の仕事に誇りを持っている彼女は将来それを負担に感じるのではないか。芽衣がSPという職業を受け入れてくれたうえで進まなければ、上手くいかない。

それに芽衣に話さなければならないことがある。ふたりにとって結婚にかかわるデリケートな話だ。

だからこそ、できる限り時間を作って芽衣に会っては話せるタイミングを窺《うかが》っているのだが……。そう上手く話せる雰囲気に持ちこめるものでもない。せっかく縮まったふたりの関係さえ壊してしまうかもしれないとなればなおさらのこと。

思い悩む護の耳にスマホの着信音が響く。珍しい人物からの電話だ。

「はい」

応答すると、こちらの様子を窺うような男性の声が聞こえてくる。

『護？　今話をしても大丈夫かな？　運転中ではない？』

「ありがとう。大丈夫だよ、兄さん」

みっつ年上の兄だ。昔から絵に描いたような優等生でメガバンクのエリート銀行員である。

『母さんが、久しぶりに家族で食事がしたいって』

「食事？　母さんがそう言っているなら、いいけど」

用件がわかり軽くため息が出る。護に用があるとき、連絡役はいつも兄だ。父が兄にやらせている。

護は父に反抗し、警察学校へ行った。メガバンク頭取である父は、今でも護が逆らったことを許してはいないし、会えば必ず「SPなんて辞めろ」と言う。

母はどちらかといえば護の味方で、警察学校へ行くことを応援してくれていた。それだから父は母に連絡をさせない。

兄は中立だ。争いごとが嫌いな人、というか自分に飛び火するのがいやで面倒ごとには首を突っこまない。父と護の板ばさみになっているようなものだと気の毒になる。

『見合いをしたんだって？　母さんが話を聞きたがっている。僕も楽しみだよ。あっ、父さんも、楽しみにしていると思う』

「で？　いつ？　どうせ日にちは決まってるんだろう？」

『ああ、うん、次の日曜の夜。場所は……』

わかっていたことだがかすかに眉が寄る。日付も場所も、護の意見は一切聞かれていない。家族みんながそろう食事の場を設けたいのなら、各人の都合を考慮すべきなのに。

父がすべてを決めているのだろう。いつものことだ。

日曜の夜に仕事が入らないことを祈っていてくれと言って通話を終え、護は深いため息をつく。

――――父さんも、楽しみにしていると思う。

兄の言葉を思いだし、かすかに口角が上がった。

楽しみ。父が、なにを楽しみにしているというのだろう。合理的で、自分の理に適うことにしか興味のない父が。

見合いの話を聞きたいなら話すつもりではいる。包みかくさず。真実を。

真実を話したら……父はどんな顔をするだろう。

トウサンヲカバッテシンダ、ＳＰノムスメデスヨ……。

＊＊＊＊＊＊＊

今週の芽衣は遅番勤務である。

仕事を終えるタイミングが合うのか、毎日のように護が会いにきてくれる。

嬉しいけれど切ない。会うたびに「これ以上関係を進める気はない」と言われているようだ。もし本当にそうなら会いにこなければいいのに。護がなにを考えているのかわからない。

（わたしが、ちゃんと言えればいいだけなのかな。まだ決心がつかないけど）

けれど彼が芽衣との見合いを断ろうと考え直しているかもしれないと思うと、今さら芽衣が自分の気持ちを口に出しても迷惑なだけではないだろうか。

降園のお見送りが終わり、延長保育の部屋に入る。だいたいいつも同じメンバーで、その日によって加わる子もいれば外れる子もいる。

浩太がおとなしくテレビの前に座っている。今日は近くにいる子たちと話をして楽しそうだ。

怪我のトラブル以来、浩太の父親は朝も車から降りて浩太を預けていくようになったらしい。浩太も「おとうさん、いってらっしゃい」と手を振るのだとか。

来週は早番で朝のお迎えの仕事があるので、その姿を見られるのが楽しみだ。

数人が囲んで使える大きな机に、珍しい顔を見つけた。近づいた芽衣は、本を読んでいる真一郎にうしろから声をかける。

「真一郎くん、なに読んでるの?」

さほど驚きもせず芽衣に顔を向けた真一郎は、椅子から下りて背筋を伸ばし、お辞儀をする。

「芽衣先生、お仕事、おつかれさまです」

「これはこれは、おそれいります」

丁寧な真一郎に合わせ、芽衣も頭を下げてお礼を言う。しかしこれだけでは終わらなかった。

「いつも僕たちのために、いろいろとお気遣いくださり、ありがとうございます」

「い、いえいえ、とんでもございません」

「こうして僕たち園児が安心して園に通えるのも、ひとえに諸先生方のおかげです」

「い……いえいえ、そんな、……いいんですよ、みんなが楽しく通ってくれるなら……」

「本当に、感謝しても感謝しきれません」

「あー、それはそうと、真一郎くん、めずらしいねぇ、君がお預かりだなんて」

芽衣は声を高くして話をそらす。丁寧にも程があるというか、この子は人生何周目なのだろうと感じるほどの成熟ぶりだ。

「はい、迎えの車に不備があったようで。整備してから来るそうです」

「そうなんだ？　大変だね。でも事故なんかがあったらもっと大変だもの。出発前にわかってよかった」

真一郎は真面目に答えてくれる。彼の送り迎えは専属の運転手がしているらしいので、車のコンディションにも気を使っているのだろう。

「はい、ですが、帰りが遅くなったため、海花ちゃんのお見送りができませんでした……」

真一郎がシュンッとなる。こんな顔をするのは珍しい。よほど残念だったのだろう。

「でも、海花ちゃんも三十分くらいここにいたし、いつもは帰る時間は別でしょう？」

「はい、たいていは僕が先に出ますから、車で待機しているんです。海花ちゃんのお迎えが来たら、車で近づいて『ばいばい』って手を振るのが日課です」

「そ、そうなんだ」

用意周到である。

「今日はそれができない。車の不備だなんて……万死に値する」

「……どこで覚えるの、そんな言葉……」

感心を通り越して、少々不安になってきた。

芽衣は肩を上下させて息を吐き、軽くかがんで真一郎と目線の高さを合わせた。

「真一郎くんは、本当に海花ちゃんが好きなんだね」

からかったつもりではなかった。この利発な少年は、きっと背筋を伸ばして「はい、好きです」と答えてくれるだろう。そう思ったからこその問いだったのだが……。

なんたることか、真一郎は目を見開いて真っ赤になってしまったのだ。

「……はい、大好きです」

はっきり言われるより、こちらの反応のほうが衝撃的だ。あまりにもピュアでかわいらしい反応。芽衣まで頬が熱くなってきた。

「海花ちゃんといると、普通の自分になれるんです」

「普通……って？　よかったら、聞かせてくれる？」

なんとなく深刻な話になりそうなのを察して、芽衣は手近な椅子を引っ張り腰を下ろす。

真一郎にも座るように勧めると、察しよく「失礼します」と腰かけ——話しだした。

「僕の両親はお医者さんで、祖父母も叔父さん叔母さんも医者で、僕は生まれたときから、将来は当然医者になると決められています」

「すごいね」

おまけに家業は大病院だ。その息子となれば、言われなくても将来は医師なのだろうと察しがつく。

「生まれる前から、お母さんのお腹の中で行う英才教育、というものをされました。生まれてから今まで、勉強と切り離される生活をしたことがありません。習いごとも多いです。英会話、ドイツ語、フランス語、中国語、ピアノ、バイオリン、習字、スイミング、それに学校教育に向けた家庭教師」

並べられた習いごとをひそかに数えてみる。一日にひとつこなすとしても、一週間で足りない。いったいこの子はどんなスケジュールで日々を過ごしているのだろう。

これだけ詰めこまれていれば、大人顔負けの礼儀正しさや思考力があっても不思議ではないのかもしれない。

それより、これだけの習いごとについていける真一郎の先天的な能力がすごいのではないか。

（こういう子、なんていうんだっけ……。ギフテッドだっけ）

「学べば学ぶほど頭に入るし、両親も喜んでくれる。なんの疑問も持たず従っていましたが、いつも胸が詰まるような、違和感はあったんです。それがなくなったのは、この園に通い始め、海花ちゃんに会ってからです」

真一郎は芽衣と同じく、昨年の春からこの保育園に通い始めた。それまでは有名私立幼稚園に通っていたそうだ。

父親の「普通の子どもたちとも接する機会を作りたい」という要望による転園だったらしいが、「普通の子どもたち」と表現するところには引っかかる。

「海花ちゃんと一緒にいると、気持ちが軽くなるんです。解放されたような気分で、自然に呼吸ができる。笑うのも焦るのも困るのも……自然にできるんです」

「自然に……」

「誰にも見せられなかった自分を見せられる。ちょっとした弱音も吐ける。こんなことができるなんてすごいと思うんです。だから僕は、海花ちゃんがすごく好きなんだって、思います」

真一郎の言葉が、芽衣の胸にガンガン響いてくる。六歳児の、幼い子どもの言葉なのに。

——芽衣が意地を張って認められないものを、教えてくれているような気がした。

そのとき、真一郎のお迎えがきたと連絡が入る。真一郎は「はい」とお手本のような返事をして帰り仕度を始める。

部屋を出る前に、真一郎は芽衣に丁寧なお辞儀をした。

「話を聞いてくださり、ありがとうございました」

「ううん、こちらこそ。話してくれてありがとう。真一郎くんの気持ち、とっても素敵です。頑張って。きっと、海花ちゃんにも伝わるよ」

真一郎は照れくさそうに笑顔を作る。

嬉しくてたまらないといった表情は、いつもの利発な彼ではなく、六歳の幼い少年そのものだった。

――一緒にいると、気持ちが軽くなるんです。解放されたような気分で、自然に呼吸ができる。笑うのも焦るのも困るのも……自然にできるんです。

少年が言った言葉は、そのまま芽衣にもあてはまる。

誰にも見せられなかった自分、言えなかった言葉、愚痴も涙も、たったひとりになら、見せられたし言えた。

(護さん……)

あんなに小さな子でも、自分の気持ちに正直に生きている。それが恋だと、ちゃんと認めている。一番大事なものをわかっている。

「情けないな……わたし」

SPである彼を拒絶するのか、気持ちを素直に認めるのか。自分にとってどちらが大事なんだろう。

(言いたい……)

脳裏に護の姿が浮かぶ。今とても、会いたい人。

(護さんに、会って、言いたい)

——そんな芽衣の想いが通じたのか、仕事を終えて園を出ると、いつものように護が待っていた。

「芽衣」

梅雨も明けて蒸し暑い夜だというのに、相変わらずのスーツ姿。上着ぐらい脱いでいてもいいのにと思う。

芽衣の前で立ち止まり、いつものように凜々しい眼差しでおだやかに微笑む。

「仕事お疲れさま。食事にいこうか」

「護さんも、お疲れ様です。……食事、のあとは?」

「あと? あっ、行きたいところでもある? 買い物ならつきあうよ」

「買い物ではないです」

「ドライブでもいきたい? あっ、そういえばアクアリウム展をやってるって聞いたな。涼しげでいいな、行ってみる?」

楽しげに予定を立ててくれる。そんな彼を薄く微笑んだままじっと見つめていると、心配そうに眉を下げた。

「どうした? 仕事で、またなにかあった? 聞くよ」

「違います。食事にいって、そのあとどこかへ行って、……わたしは、またそのまま帰らなくちゃいけないのかなって」

　護が黙って芽衣を見つめる。恥ずかしい気持ちはあったけれど、言葉を続けた。

　認められずに心に溜めこんだものを、そのまま出した。

「わたしは……SPは嫌いです。だって、危険な仕事だから。SPって〝動く盾〟っていうのが前提ですよね。なにがあってもマルタイの盾になる。命をかけて、自分の命をかけてマルタイを守る。……わたしの父は、マルタイを守って死にました」

　声が震えた。言葉には出したくない話だ。

「母はとても悲しんだ。娘のわたしが慰めきれないほど。死んでしまったら、残された家族がどれだけ悲しむかわかっているくせに、わかっていても、仕事のために命を投げ出さなくてはならない。そんなSPが、わたしは大っ嫌いです！」

　言葉にしているうちに感情が入る。視界がにじんで、涙がボロボロ流れてきた。

　仕事に出ていく父を思いだす。あの事件があってから疎遠になった父。どんなに大変な仕事をしているかわかっているはずなのに、「気をつけてね」のひと言もかけられなかった。

　本当は、幼いころのように話がしたかった。父の背中に寄りかかって眠りたかった。一緒に買い物に行きたかった。

　笑顔で「お父さん」って、呼びたかったのに……。

そんな日々を取り戻せないまま、帰らぬ人になってしまった。

「でも、そんなSPなのに……わたしは、……護さんが好きです」

芽衣を見つめる護の表情が動いた気がする。視界がにじんでいて、よくわからない。

「SPだから、いやなのに……嫌いなのに。いつかひとりにされそうで怖いのに……。でも、護さんが好きなんです。どうしたらいいかわからないくらい。どうしたらいい……わたし、どうしたらいいですか……！」

自分でもなにを言いたいのかわからなくなってくる。ただ護が好きだと伝えたいだけなのに、いろいろな感情が入りこんできて思考がぐちゃぐちゃだ。

そんな芽衣を引き寄せ、護が強く抱きしめた。

「何度でも言う。――ひとりにしない」

静かに、しかし強い口調で、護が断言する。

「俺はSPだけど、絶対に死なない。絶対に、芽衣をひとりにしない」

「絶対に……？」

「ひとりにしない」

ゆっくりと両手を動かし、護の背中でスーツを握る。芽衣は泣き声でくすりと笑った。

「じゃあ、……SPの護さんでもいい……。護さんは、わたしをひとりにしないから。護さんじゃなきゃ……いや」

芽衣を抱きしめる護の腕にまた力がこもり、苦しいくらい強く抱かれているのに、芽衣の身体がもっと強くと我が儘を言う。

「好きだ。芽衣」

嬉しい言葉が聞こえてくる。芽衣は涙が止まりかかった目を見開いた。

「芽衣に『好き』って言葉をもらえて、すごく嬉しい。本当にこのまま抱きかかえて走り回りたいくらいだ」

「……おまわりさん、呼ばれちゃいますよ」

「どんとこいっ」

護の力が少しゆるむ。顔を上げると視線が絡まり、すぐに唇が重なった。

彼とこうしていられるのが嬉しい。正直になれた心のままにするキスは、なんて心地がいいのだろう。

「芽衣、ごめん」

言葉を出せるくらいかすかに、唇が離れる。

「アクアリウムは次の機会に……。食事は後回しでもいいか？」

その意味するところがわかる。芽衣が小さくうなずくと、唇の表面が軽く擦れてもどかしさが走る。

「今すぐ、芽衣を抱きたい」

彼の気持ちに応えるように、芽衣のほうから唇を押しつけた。

すぐという言葉のまま、ふたりきりになれる場所へ移動した。

護のマンションに行くのかと思ったが、やってきたのは副都心の複合商業施設内に建つデザイナーズビル内の高級ホテル。

三十五階建ての二十階から上がホテルになっている。全室から副都心の夜景が眺められるらしい。

入室したとき、横に広がる大きな窓から一瞬だけ夜景が視界に入った。じっくりと見られなかったのは、すぐに護に抱きかかえられベッドに直行してしまったからだ。

「せっかちですね」

重なる唇を心地よく感じながら、ベッドの上で芽衣はクスクス笑う。服を脱がせてくれる護に任せて手や体を動かしているうちに、ブラジャーも取られて上半身裸にされていた。

「なにが？」

護が身体を起こしてスーツの上着を脱ぐ。躊躇《ちゅうちょ》なくネクタイも外しワイシャツも脱ぎ捨てた。この素早さは、やはり芽衣を脱がせたら自分もさっさと脱がなければ不公平になってしまうから、だろうか。

「だって、せっかく綺麗な夜景が見られそうだったのに、すぐベッドに連れてくるから」

「夜景が見たいなら、次に来たときにでもじっくり見せてあげる。今日は駄目。俺が我慢できなくて暴れだしそうだから」

「次って……贅沢《ぜいたく》ですよ、こんな立派なホテル。まさかこんなすごいところに連れて……きゃぁぁぁっ」

　驚いて甲高い声が出てしまった。護が素早い動作でスカートとショーツを一緒に下ろしてしまったからだ。

「やっぱり芽衣の萌え声はかわいいな～」

「い、いきなり全部脱がせるから……びっくりして」

「先に脱がせておかないと、芽衣はびっちゃびっちゃになるだろう？」

　上半身と同様に護は下半身裸になるのも潔い。ベルトを外してさっさと下着ごとトラウザーズを下ろしてしまった。

　芽衣は身体ごと横向きになって彼の視界から外れようとする。

「それに、よけいな心配はしなくていい。俺、副業のおかげで結構甲斐性《かいしょう》はある」

「なんの自慢ですかっ」

　おどけて言うので笑ってしまった。ＳＰはハードな仕事内容のわりにはそれほど高給取りではない。

（副業って……公務員の副業は一部を除いて禁止されているはず）

その〝一部〟も、それほど派手ではなかった覚えがある。

（でも護さんのマンションって、妙に立派なんだよね）

ちょっとした謎ができてしまった。しかし今それを考えることは護が許してくれそうもない。芽衣の背後に横たわり、身体に腕を回してきたのだ。

「夢みたいだ。芽衣が、好きだって言ってくれた」

感慨深げに口にして、護の手は腹部を撫で胸の裾野から柔らかなふくらみを包みこむ。そのままくにゅくにゅっと揉みこんだ。

「護さんはぐいぐいくるから、自信があるんだと思ってました」

「自信を持っていないとくじけそうになる。だから、芽衣に俺の気持ちをわかってもらおうと頑張っただけ」

力強い指が胸のふくらみに喰いこむ。下から持ち上げられているせいで柔肌が指のあいだから盛り上がって、視覚的にいやらしい。

見ているだけでお腹の奥がずくずくしてくる。そんな自分が恥ずかしくて、彼の指が喰いこむ肌を両手で軽くかくした。

「護さん、どうして、なにもしなかったんですか?」

「なにもって?」

「初めてシちゃった日から、ずっと……キスもしなかったから……」

「それは……。なんていうか、最初に調子にのって芽衣に無理をさせたかなって反省したから……かな。失神するまでシちゃったし」

「そう、ですか」

うろたえてしまうくらい照れる理由ではあったが、ちゃんと聞けて安心した。芽衣とは身体の相性が合わないとか、見合いを断ろうとか、考えていたわけではないようだ。

よかったと安堵しつつ、身体のほうは安心できなくなってきた。胸のふくらみを揉みしだく手の動きが大きく強くなってくる。反応して飛び出した頂の突起を指のあいだに挟まれ、擦り動かされる。

「気にした？　キスもしない、抱きしめもしない、って」

「はい……んっ、ぁ」

「抱きしめたかったけど、抑えがきかなくなるだろうなと思って我慢した」

「そう、なんで……す、か、ぁあっ、ンッ」

「だからそのぶん、芽衣を堪能させて」

「も、もうして……る、あっ、ん、やぁん……」

胸の突起をつまみ、くにくにと揉みたてられる。あの日、護の指で、唇で、手のひらで、幾度も与えられたじれったくもあたたかい官能がよみがえり、広がっていく。

「こんなに感じてくれる芽衣にさわって、我慢なんかできるはずがないだろう」

芽衣は片腕を伸ばし護の頭に手をかけ、引き寄せながら軽く振り向く。

「……我慢、しないで……ぁっ、あん」

求めるままに唇が重なり、強く吸いつかれる。片手がボディラインを撫で、そのまま脚の付け根から薄い茂みのあわいにもぐりこんだ。

「ん、ふぅ……ハァ、あっ」

硬く形のいい指が秘裂の中で躍る。指で探られるとぐちゅぐちゅと予想外の水音がたった。

おまけに手を前後に動かされ、陰核も擦られて官能が大きく揺さぶられる。

「あっ、はぁ、ん……やっ、や……」

無駄とわかっているのに、大きすぎる刺激から逃げようと腰が引ける。そうすると護にお尻を押しつけることになり、おまけに彼の熱り勃《いきた》ったものを直に感じることになってしまった。

さりげなく肌を離そうとしたが秘部を押さえる手に力を入れられ、お尻を押しつけたまま動かせない。

「芽衣がイイ反応ばかりするから、俺も、もう熱くなってる」

「あっぁん……やぁンッ」

両脚をキュッと閉じ合わせても、ただ護の手を挟むだけ。腰が動くぶん、そこに彼の熱棒が強くあたる。

どんなに強く挟んでも、あふれた愛液が彼の手に味方する。軽快に秘裂を擦り上げ、時に陰核全体を圧迫していく。何度も繰り返されたのではたまらない。芽衣は抗う間もなく快感の餌食になった。

「あぁあっ、やぁん――――！」

軽い恍惚《こうこつ》感に意識を持っていかれているうちに、うつぶせにされ腰を上げられた。

「ぁ、んっ……あっ！」

シーツについていた顔が上がる。両膝をついた芽衣のお尻を摑み上げ、護が秘部に舌を這《は》わせている。

「うん、ンッ……やぁぁん……」

それもまだ達した余韻を残しヒクついている膣口のあたりを、集中的に舐めたくる。まるでこぼれ落ちてくる蜜をすくっているといわんばかりの動きだ。

その唇が火照ってあたたかくなった尻の双丘に移ると、いままでそこを揉んでいた手が太腿に下り、交代するかのように膣口を探る。

小さな花びらの溝をなぞりながら、ぬぷっと中指が膣孔に沈んでいった。

「あっ、ひ……ぃん」

深くまで入りこんだ指が関節を曲げながら回され、狭い秘境を広げようとする。へその裏を押されるような刺激に自然と腰が揺れた。

「あっ、ああっ……指ぃ、んんっ、やぁぁ」

芽衣の反応を悦《よろこ》んだ指が嬉々《きき》として隧道をスライドする。蜜襞《みつひだ》を掻いてぐちょぐちょいわせながら芽衣を煽った。

「やぁぁっ、ダメェッ、ダメッ、ゆびぃ……！　あぁぁんっ！」

募る熱が爆ぜそうになった瞬間に指を抜かれ、不完全燃焼のまま腰が落ちる。刺激がなくなった蜜筒が切なくて、ギュッと両脚を締め腰をひねった。

「大丈夫。そんなに焦れなくても。すぐにあげる」

冷静になりきれていない護の声が、芽衣を求める焦りに思えて胸がきゅんっとする。彼が自分自身に準備を施す時間がもどかしくて、腿を締めたままもじもじ動かす。

「はい、お待たせ」

腰を摑まれたかと思うと、締めた腿のあわいをぬって熱い塊がずぶっと潜りこんでくる。脚を閉じているにもかかわらず、たやすく侵入を果たした。

待ちかねた異物を歓迎するかのように蜜路が収縮する。よりいっそう護の熱が伝わってきて、締めつけたその大きさに快感が爆ぜた。

「あぁぁん……ダメェ――！」

歓迎の火花が散ったあとも火種は残る。熱塊に擦りたてられて、再び熱を溜めていく。

「入れたとたんにイっちゃった？　そんなにほしかったんだ？」

「あっ、アッ……ぁあっ、護さんのっ、はいって……ぁあっ……！」

腰を打ちつけながらガンガンと貫かれ、身体が前後に揺れ動く。護の勢いが強いせいかだんだん前に押されていく。シーツを掴んでいた手が枕に移動して、いつの間にかベッドフレームを強く掴んでいた。

ベッドヘッドが優雅なアイアンフレームで、御伽噺《おとぎばなし》のお姫様が使っていてもおかしくないようなデザイン。……なのだが、今はお姫様も恥ずかしがってしまうくらい淫らなことに使われてしまっている。

「あアンッ、まもるさっ……強ぃいっ、ぁぁ！」

突き上げられてずれる身体に合わせてフレームを掴み直していると上半身が起きてくる。背中が腰と同じ高さになり、押しつぶされていた乳房が大きく揺れた。

両乳房をうしろから鷲掴みにされ、強く握られたまま貫かれると身体をうしろに引かれる。すでにフレームの上を掴むくらい起き上がっていた。

「芽衣はどれだけ前に行くんだ」

「だって……護さんがっ、押すからぁ……あぁっ！」

「もっと芽衣のナカに入りたいと思ったら力が入る」

「まもるさんのっ、せいっ、あっあ、ダメェ……！」

　とうとう膝立ちになってしまい、うしろから抱きついた護が激しく腰を打ちつけ、片手で乳房を、もう片方の手で恥丘を掴む。割れ目に喰いこんだ指が抜き挿しの動きに合わせて秘芽を擦り、芽衣の快楽を暴走させた。

「やっ、やっ、そこ……ダメェッ！　あぁっ、あっ！」

「そこ？　どこのこと？　入ってるトコ？」

「やだぁ、意地悪しないでぇ……ぅんンッ……！」

　意地悪されている気持ちになってしまい、首を左右に振りながら高い媚《こ》びた声が出てしまう。それが護の勢いをエスカレートさせた。

「やっぱり俺、芽衣のその声に弱いかもっ」

「あぁぁあんっ……！」

　肌がぶつかり合う激しい音をたてながら放埒《ほうらつ》に腰を使われ、さらに秘珠を二本の指で挟まれる。しなる身体を護に押しつけ、芽衣は爆ぜる快感に流された。

「ああぁっ、やぁぁぁ――‼」

　ベッドフレームから手が離れる。支えられながら横向きに倒され、片脚を腕に取られて力強い抽送《ちゅうそう》が続く。

「あっ！　あぁっ！　ダメッ、ダメェ……こわれちゃ……ぁぁアンッ！」

「大丈夫。壊さない。かわいい、俺の……」

かたむけた顔の前に護が顔を寄せる。快感でふやけてとてもいやらしい顔をしている気がしたけれど、彼にならば見られてもいいと思える。――むしろ、見てほしい。

「ああ、かわいいな、やっぱり」

唇が重なる。強暴な切っ先が最奥を穿ち、快感が降伏する。

「ダメェッ……また、また、イ……クっ、あぁぁっ――――‼」

「かわいいよ、めいっ……！」

深く強く打ちこまれた楔《くさび》が、蜜窟と一緒に震える。何度かゆっくりと動き、かかえていた芽衣の脚を下ろしながら止まった。

身体をうつぶせにして息を切らせる。火照った肌に冷房で心地よく冷えたシーツが気持ちいい。乱れた髪を横に寄せて、護がうなじにキスをした。

「好きだ……芽衣」

幸せな鼓動が脈打つ。

「好きだ」

背中から覆いかぶさってくる体温が愛しくて愛しくて、芽衣は涙が浮かびそうな瞳をそっと閉じて微笑んだ。

＊＊＊＊＊＊＊＊

とてもいい気分だった。

芽衣が好きだと言ってくれて、朝まで抱き合った夜を思いだしていたからだ。

だがそんな至福の時間は、あまり聞きたくなかった声に邪魔される。

「久しぶりだな、護」

顔を向けたくなかった。だから、無言でグラスに口をつけた。

日曜日の夜。家族で食事をすると指定されたホテルのラウンジ。少々早く来てしまったので、護はひとりバーラウンジでグラスをかたむけていたのだ。

ひとりで飲む夜は芽衣を想うに限る。よりいっそう酒が美味くなるし、いい気分で酔える。

今だって最高にいい気分だった。なのに……。

「見合いをしたそうだな」

そう言って隣に座ってきたのは――護の父である。

長身だが護ほどしっかりとした体格ではない。メガネの奥の目が気難しい印象を与える人物だ。

護に言わせれば、気難しいのではなく……冷淡なのだ。

「母さんが話を聞くのを楽しみにしている。どんな娘さんなんだ？」

母が話を聞きたがっているなら、話を切り出す役目は母に任せて一緒に聞けばいいのに。

どんなことでも自分が先頭に立っていなくては気がすまない。というより、それが当たり前と思っている。

メガバンクの頭取である父は、昔から変わらない。

――そんな父に反抗して、護は勘当同然で警察学校に進み、のちにその優秀さが認められSP候補生に選ばれた。SPになるときも猛反対をされたのだ。

勘当を言い渡しても、なお口出しをする父。

本気で勘当するつもりではないことはわかっている。父は諦めていないのだ。護が自分の手の内で働くようになることを。

「……興味、あるんですか？」

グラスを離し、窓を見ながら問いかける。顔を向けなくとも父は窓ガラスに映っているので、話をするならこれで十分だ。

父も同じく、窓ガラスに映った護を見ている。

「興味はある。おまえと結婚するということは、私の義娘になるんだ」

その関係性を考えるのがすごくいやだ。護は眉を寄せてグラスに口をつける。しかし思い直し、口を開いた。

「――父さんを庇って死んだSPの、娘さんです」

窓ガラスに向いていた父の顔がかたむき、護を見る。護はガラスに映る父の表情を見ていた。一瞬驚いたように見えたが、すぐに憐れみに変わったのだ。

「物好きだな、おまえも」

睨みつけそうになるのを抑えるため、グラスに口をつける。

「おまえに言われて思いだした。そんなこともあったな。――過ぎたことだ」

「父さんにとっては、その程度なんですね。残された人間のことを考えたことは？」

「それで？　その娘さんは、おまえが私の息子だと知っているのか？」

父は護の質問には答えない。答える価値はないと思っているからだ。父にとって、あの事件は〝過ぎたこと〟なのだから。

現在進行形で、芽衣を苦しめているというのに――。

「さあ、どうでしょうね。――父さんには、興味のないことでしょう」

なので、護も父の質問には答えない。

――母と兄が二人を見つけて声をかけるまで、腹の探り合いのような時間が続いた。

第四章　守るべき愛しいものたち

「よーし、こいっ！」

　叫びながらバスのステップから跳んだ竜治を受け止めるべく、芽衣は気合いを入れて両手を広げる。

　全体重をかけて抱きついてくる五歳男児をしっかりと受け止め、勢いで転ばないよう両足で踏ん張った。

　朝の園バスからは次々に園児が降りてくる。園バス内担当の保育士が苦笑いで竜治を見つつ、ほかの子を降ろしていく。

「おはよー、今日も元気だねぇ」

　芽衣に声をかけられた竜治はキョトンとした顔をした。

「なんだ、めい、ごきげんだな。いつもなら『あぶないよー』ってなさけねぇ声出すのに」

「めいー！」

「そうだっけ？　いいでしょう、元気で明るい芽衣先生なんだから」

「まあ、そうだな、オレのめいはニコニコしてかわいいからなっ」

「えへへー」

張りきって〝オレのめい〟と言い放つ竜治とひたいをつき合わせ、芽衣は終始ご機嫌で照れ笑いをする。もちろん脳内では「俺の芽衣」が護の声で再生されていた。

「めい……？」

大好きな先生がいくらニコニコしていてかわいくても、いつもとあまりにも違うとさすがの竜治も不安になるようだ。ガシッと芽衣の両肩を掴み、前後にゆすった……つもりだろうが実際にはブラウスを引っ張るにとどまる。

「どうしたっ、めい、なんかヘンなもんでも食ったのかっ？　ごきげんのアクマにとりつかれたのかっ。いつもみたいに『おもい～』とか『あぶないよ～』とか言ってもいいんだぞっ、めいっ！」

「アハハー、どうしたの竜治くーん、先生いつもどおりだよー」

「めいぃっ、うわぁっ！」

音もなく忍び寄った真奈美が、芽衣の腕から竜治を離す。突然の別離に竜治は激しく抵抗した。

「まなみぃっ、てめっ、またジャマしやがってぇ！」

「はいはい、お部屋に行くよー、りゅーじくーん」

「めいぃっ！」

小脇にかかえられ暴れる竜治を見送り、芽衣は笑顔を崩さず下車する園児を迎える。

「おはよぉ」と言いながら脚に抱きついてくる子の頭を撫で、元気に走ってくる子にはかがんでハイタッチ。

これで最後かと思ったが、こそっとドアの陰から外の様子を窺う顔がある。歩夢だ。

「歩夢くんおはよう」

降車口の前で手を伸ばすと、おそるおそるその手に掴まり歩夢が降りてきた。降りたあと、芽衣のエプロンを強く摑んで周囲を窺っている。

不安げな頭を撫で、芽衣は優しく声をかけた。

「大丈夫だよ。お部屋に行こうね」

「うん」

手を繋いで園舎に向かう。中に入ると玄関で仁王立ちになって待っていた竜治が、歩夢の手を引いてちゅうりっぷルームへ走っていった。

「竜治くん、バスの中でずっと歩夢くんに話しかけていたらしいよ。乗ってきたときは怖がって小さくなっていた歩夢くんも、話しかけてもらって一緒に笑ってたって、バスの先生が言ってた」

真奈美が寄ってきて教えてくれる。浩太のときといい、歩夢のことといい、竜治は本当に面倒見がいい。

元気と威勢がいいので悪目立ちはするが、問題を起こすわけでもないし仲間思いのいい子なのである。

(ああいう子が大きくなったらムードメーカーになるんだろうなぁ。護さんみたいな)

そこで一瞬考え……訂正を入れる。

(まあ、護さんほどいい男になれるかは本人次第だけど)

心の中で「ふふん」と優越感に浸る。今の芽衣にとって、護の上どころか同列に並ぶいい男は存在しないのだ。

先週、お互いの気持ちを確かめ合ってから、芽衣は幸せいっぱいで、竜治が不安になるくらい笑顔しか出てこない。

昨夜は護が家族との食事会に出かけたらしい。お見合いの相手と結婚するつもりだと話すと言っていた。

(ご家族になにか言われたかな……)

そのあたりはやはり気になる。どんな女性かと詳しく聞かれるだろうし、うるさい親なら職業が気に入らなかったり学歴が気に入らなかったり、いろいろと言いたいことが出てくるだろう。

もしそうでも、護のことだ。上手く話してくれるとは思っている。……のだが、やはり気になるものは気になるのだ。

芽衣も母親に報告はした。見合い相手がSPであることを知っている母は少し驚いたふうではあったが、泣いて喜んでくれた。

母が泣いたのは、娘の結婚が決まったからというより、娘が父親と同じ職業の男性を選んだところが大きいのだろう。

日を改めて、都合がいいときに挨拶に行く旨を伝えた。

「歩夢くん、早く自然体で行動できるようになればいいね」

真奈美が感慨深げに言葉を出す。その気持ちはわかる。芽衣も同じ気持ちだ。

「そうですね」

歩夢の母親の離婚が成立した。親権は母親にあるのと、離婚原因がDVであり歩夢も被害にあっていることから、面会交流には制限が入っていて元父親が母親や弁護士に無断で歩夢に接することはできないらしい。

保育園としても元父親から「子どもに会わせろ」と突撃されることがなくなるのはありがたい。

ここそこ登園する必要もなくなり、今週からバス通園になった。

先週相談に来ていた母親は心配そうだったが、保育園の行き帰りにもビクビクしている歩夢が、お友だちと一緒のバスで元気に登園できるようになればと希望を持って預けてくれた。

その信頼に応えなくては。降園時には母親が迎えにくるので、朝はたくさんの笑顔で迎えてあげたいと思う。

バスの中での過ごしかたも大切だ。竜治は実によい働きをしてくれている。

（よしよし、今日は給食のニンジンを残しても許してあげよう）

本日の給食メニューは「みんな大好きオムカレー」である。小さく切って柔らかく煮たニンジンを、どこにかくれていようと見つけ出し除けることに関して、竜治は天才的な勘を発揮するのだ。

カレーを嫌いだという人に会ったことがないくらい、オムライスが嫌いだという人にも会ったことがない。実際子どもたちはどちらも大好きでオムカレーは絶大な人気を誇る。

芽衣も大好きなメニューである。

「朝会議始まりますよ～」

同僚から声がかかり、真奈美とともに職員室へ向かう。ふと、護はオムカレーが好きだろうかと疑問が浮かんだ。

今日は早番で早く終わるので、芽衣が護のマンションに先に行って夕食を作る約束をしている。一応希望も聞いたのだが……。

『芽衣が作ってくれるならなんでもいい。でも、一番食べたいのは芽衣かな』

ちょっとだけ予想していた答えが返ってきて激しく照れてしまった。今も思いだしただけで口元がニヤつきそうだ。隣の席の同期に泣いて心配されそうなのでギリギリ堪える。

（カレー、多めに作っておいたら次の日にカツカレーとかできるし、いいかも）

先のことも考えメニューを決定。会議が始まったタイミングで思考を仕事用に切り替える。

買い物のリストを考えるのは、後回しだ。


給食の時間はメニューによって盛り上がりが違う。

園児たちが好きなメニューのときはとてもにぎやかになる。度を超えているときは注意をするが、楽しく食事ができるのはいいことだ。

給食の見守りをしていた芽衣は、ふと歩夢の食事が進んでいないことに気づいた。テーブルに近づき、歩夢の横にかがむ。

「どうしたの歩夢くん。お腹でも痛いのかな？」

こちらに顔を向けた歩夢は、痛いというより怖いと言いたげな顔をしている。芽衣は少し距離をつめ、小声で尋ねた。

「なにかあった？　心配なこと？」

歩夢は口を開けてなにかを言いかけてから、こそっと窓の外を指差す。

「……パパの車……見えた」

「えっ？」

驚いて外を見やる。園庭を囲むフェンスの向こうに停まっている車はない。車が通れる道路があるので、通っていったのだろうか。

「お父さんの車、歩夢くん、見たらわかるの？」

「黒い車、だから……」

もしかしたら黒い車はすべて元父親の車に見えてしまうのかもしれない。

いきなり連れていかれないように近くを通る車にも気を配っていたと母親が言っていた。おそらく神経質になっているのだろう。

黒い車というなら、護の車も黒だ。めずらしくもなんともない。

「大丈夫だよ、歩夢くん。ここにいるあいだは、先生が君のこと守ってあげるから。心配しないで」

「めいせんせいが？」

「うんっ」

芽衣は笑顔でガッツポーズをする。そのアクションに歩夢が笑顔を見せた。

「めいせんせい、つよい？」

「強いよぉ。みんなをいじめる人なんて、ひょひょいのひょいってやっつけちゃうんだから」

歩夢がアハハと笑いだす。その様子にホッとしたとき竜治が割りこんできた。

「なんだよー、なに楽しそうにしてんだよぉ。オレも入れろ」

自分抜きで楽しそうなのがいやなのだろう。ぷっと頬を膨らませて芽衣を見る。威勢がよくて生意気でも、まだ五歳。やきもちもかわいいものである。

「芽衣先生は強いんだぞー、って話ですよー」

両方から竜治の頬を挟みキュッと押して空気を抜くと、竜治は張りきって腰に手をあてる。

「オレだって強いぜっ。めいより強いかんなっ」

「本当かな～」

「ホントだっ。オレは男だから、女のめいより強くなくちゃいけないんだっ。男は女を守るもんだからなっ」

幼いながらに漢《おとこ》である。芽衣はわしゃわしゃと竜治の頭を撫でた。

「エライっ、さっすがぁ」

「はっはっは、とーうぜんっ」

竜治は鼻高々だ。その心意気を信用して、芽衣は顔の前で両手を合わせてお願いポーズを作る。

「そんな竜治くんにお願いなんだけど、今日は帰るまで歩夢くんを守ってあげてくれるかな」

「え？」

「あゆむを？　いいぜっ、あゆむ、ヘンな大人が見てるって気にしてたもんな」

「あんしんしろっ。オレがそばについてるからよ」

竜治はバンバンと歩夢の肩を叩く。

「いたいよ、りゅうくん」

「へへっ、ごめんな」

仲よしの友だちが味方についていることで安心できたのだろう。歩夢に笑顔が戻っている。食べられるだけでもいいから食べるように言って、芽衣はそばを離れた。

（ヘンな大人が見てる？　もしかしたら、本当に……）

いやな予感がするのは気にしすぎているせいだからかもしれない。いずれにしろ、なにもないよう、見守るしかないのだ。

「芽衣先生」

事務職員がドアの前で芽衣を呼んでいる。なにかと思えば面会らしい。

「堂島様という男性の方なんですが……」

名前を聞いてドキッとする。護かと思ったのだ。

──しかし、違った。

芽衣に会いたいと訪ねてきたのは、年配の男性らしい。園児の保護者でもなければ芽衣の身内でもない。通常なら保育園側が面会を許可することはないのだが、園長の采配《さいはい》で応接室へ通されたという。

その男性がメガバンクの頭取で、あるかんしえる保育園も創業当時から取引のある銀行だかららしい。

そんな男性が、なぜ芽衣に会いたいのか。メガバンクの頭取と知り合いになった覚えはない。

ひとつだけ心あたりがあるとすれば、堂島、という苗字だった。

応接室では、男性がひとりで芽衣を待っていた。座っている姿を見ただけでも結構な長身であることがわかる。スマートな印象を与える男性で身長のわりに体格はそれほどよくはない。メガネの奥の目が厳しく、品定めをされている気分になる。

「高羽芽衣です。わたしにご用と伺いましたが……」

「堂島護を知っているね」

第一声からストレートだ。知らないとは言わせないという圧さえ感じる。

「私の息子だ」

芽衣が返事をする前に種明かしをされるが、特に驚きはしなかった。ああ、やっぱり、という感情しか湧かない。

「私が君に会いにきた理由は、わかるか？」

「……昨夜は、護さんがご家族とお食事をされたと伺っています。わたしとのことを話すと言っていましたので。ご確認にいらしたのかと」

答えてから、芽衣は背筋を伸ばす。

「ご挨拶が遅れまして、申し訳ございません。護さんとお見合いをさせていただき、その後おつきあいを……」

「そんなことはどうでもいい。私は、君がすべてを知ったうえで息子と結婚しようとしているのかを知りたい」

下がりかけた頭が止まる。ずいぶんと一方的な人物だ。護の父親でも、護とは雰囲気がまったく違う。

護の父親がメガバンクの頭取だなんて知らなかった。もしかしたら、護のマンションが独身のSPがひとり暮らしに使うには豪華すぎるのは、実家の援助があるからだろうか。

「すべて、とは……。護さんのお仕事とか、マンションのこととか、ご家族のこととか……ですか？」

「すべてといったらすべてだ。すべて把握しているのかと聞きたい」

意思疎通がしづらい。自分の一言ですべてを悟れといわんばかりだ。だが頭取という仕事柄、それを当然としているのかもしれない。よけいな口出しはせず、芽衣は答える。

「お見合いをして、まだひと月も経っておりません。すべてを知ることはできていないとは思いますが、護さんの素晴らしいお人柄やお仕事での優秀さは……」

「あんな仕事は、辞めさせるつもりだ」

言葉が止まった。父親はひとつため息をつき、忌々しげに言葉を続ける。

「警察官など……SPなんてくだらないものにするためにあいつを教育してきたわけじゃない。幼いころから五ヶ国語を習わせ、未就学児のうちから数学や株取引を教えこんだ。小学生で国立大の入試問題を解けるくらい能力があったのに」

初めて知る事実に目を見開き、驚きがかくせない。言葉を出したあと、父親は眉を寄せて芽衣を見る。

「その様子だと、なにも知らないようだ。護にはディーリングの才がある。株式投資といえばわかりやすいか。小学生のころから個人トレーダーとして活動していて、その才能をもっと伸ばすために高校も大学も決めてやって、ゆくゆくは私のもとで腕を揮《ふる》わせるつもりだったのに。大学を受けずに警察学校へ行った、大馬鹿者だ」

声が出ない。この人物は、本当に護の話をしているのだろうか。

以前護が副業で収入があると話をしていた。株式投資は公務員でもできる副業だ。それだけの才能を持った人なら、あのマンションも自分で購入したのだろう。

そんなすごい子ども時代を過ごしたなんて知らなかった。知り合って一ヶ月も経っていないにしても、こういう形で知らされると、知らなかったことを責められている気持ちになる。

(五ヶ国語？　未就学児に数学や株式？　そんな……)

考えているうちにゾッとしてくる。そんな幼いころから、親の理想を押しつけられていたのだ。

スライドするように真一郎が思いだされた。一日にひとつをこなしても足りないくらい、習いごとを詰めこまれている少年。息苦しい想いを話してくれたときの表情が頭に浮かび、切なくなる。

護も、そんな息苦しさを感じながら子ども時代を過ごしたのではないか。

もしかしたら、決められた大学受験を蹴って警察学校へ行ったのは、息苦しさから脱出するための手段だったのではないのか。

「勘当すれば自分のしたことがどれだけ愚かしいかわかるだろうと思えば、そのまま警察官になりSP候補生になり……SPなんかに……。情けないにも程がある」

父親は護がどんな想いをしていたか知らないだろう。知ろうともしなかったのではないか。

ただ自分の理想どおりの子どもになるよう、教育を与えレールを敷いた。そのレールから外れた護を、馬鹿者扱いしている。

「昨日も、結婚するならSPなんて辞めろと忠告した。結婚相手のためにもそのほうがいいと言ったが、まともに話を聞かない」

「お言葉ですが、……わたしは護さんにSPを辞めてほしいとは思っていません」

「私は思っている」

「護さんも、そんなことは考えていないと思います。辞める辞めないは、護さんが決めることではないでしょうか」

「君は本当にそうは思っていないと？」

「思っていません。護さんは優秀なSPです。本人も仕事に誇りを持っています」

「ずいぶんと薄情な娘さんだ。君の父親は、その職業のせいで亡くなったのに」

気丈に言い返すことができていたのに、言葉が詰まった。護はそこまで話したのだろうか。

「護さんに、お聞きになったんですか……？」

「言わなければ私が気づかないと思ったのだろう。実際、名前だけを言われてもわからなかっただろうな。過ぎたことだ、忘れていたよ。私を警護中に命を落としたSPがいたことなんて」

すうっと、全身から血の気が引いた。

――私を警護中に命を落としたSPがいたことなんて。

聞いたばかりのセリフが、頭の中でぐるぐる回る。

ついでのように知らされる事実。

（護さんの……お父さんを警護中に……？）

父が落命したとき、誰を警護していたか、どんな亡くなりかたをしたのか、芽衣は知らない。母も知らないだろう。ニュースにもならなかったどころか、詳細な情報は家族にも知らされなかったからだ。

もしも警護対象者の苗字だけでも知っていたなら、護の苗字を知らされた時点で察して会うことを拒否したかもしれない。

護は芽衣が、自分の父親を守って落命したSPの娘だと知っていてお見合いを受けたのだろう。

それを芽衣に言わなかったのは、やはり気まずいからだろうか。いや、そもそも、なぜそんな因縁のある娘とお見合いなんかしようと思ったのか。

頭が混乱する。だけどこの人の前で動揺したところを見せてはいけない気がして、芽衣は思いつくままに言葉を出した。

「ですが……堂島さんは、民間の方、ですよね……。SPの警護対象外では……」

声が震える。嘘だと思いたかった。護を従わせたくて、結婚相手も自分が選びたいから芽衣を絶望させて諦めるように嘘をついているのだと。

警視庁警備部警護課に所属するSPは、要人警護が主な仕事だ。警護対象となる要人は警察法に基づき決められている。

民間人はその対象ではない。

警備会社所属のSPならば民間人も警護対象とするが、芽衣の父は警視庁所属のSPだ。

「あのころ、メガバンク同士の合併が進んでいた。そうなると偉い先生方にもいろいろあって、反社会的勢力が関与しようと接触を図るような状況も出てきた。結果、私が命を狙われる可能性が出て、それで特例としてSPがつけられた」

正当な警護対象となる要人が絡む場合、時として特例が設けられる。〝偉い先生方〟というのは、政界に関わる人物のことなのだろう。

「SPとは、〝動く盾〟という別名があるそうだが、まさしく、君の父親は私の盾になった。すぐにほかのSPにその場を移動させられたので、死んだと知ったのはあとになってからだが……、あっけないなと、憐れに思った。一瞬の出来事で命を落とす。他人のために。そんな無駄な仕事に、いつまでも護をつかせておきたくはない」

「憐れ……？」

父の葬儀を思いだす。マルタイを守って命を落としたとだけ知らされていた。焼香にはその秘書が訪れたと聞いた。香典として大金が届けられた。供花や供物も大量で。

なんだか、これだけしてやってるのだからつべこべ言うなと告げられているようで……悔しかった。

「護が、どんなつもりで君と見合いをしたのかは知らない。どうせ……いらぬ正義感からではないかとは思う」

「……わたしに、贖罪《しょくざい》したかった、ということですか？」

その可能性はある。護は懐の深い優しい人だ。自分の身内絡みの事件で先輩ＳＰの娘が父親を失ったなんて、心苦しいに違いない。そうだとしても話してくれればよかったのにとも思う。手が震えていた。

（罪滅ぼし？　あの優しさが、全部？）

「それ以外あるかな？　くだらない職について遊んではいるが、あの子は頭のいい子だ。しかし妻に似て無駄に感情が豊かすぎ情に流されるところがある。あれは好ましくない。自分の将来を見据え、優秀な子をなして一流でいようと思うならば……、一日中子守りをして遊ぶのが仕事の女性と結婚しようとは思わないだろう」

事実を知らされて膨らんでいた不安感が、腹の底から湧き上がってくる憤りで急速に塗りつぶされていく。たとえ罪滅ぼしから見合いをしたのだとしても、きっかけなんてどうでもいい。護の優しさは本物だ。本気で芽衣を想ってくれていると信じられる。

芽衣は両手を強く握り締めて表情をこわばらせ、苛立ちにつり上がってしまいそうな眉を抑えた。

護のSPという職だけではなく、芽衣の保育士という職をもよくは思っていない。いい悪いの問題以前に、見下している。

「護は自分のことをあまり君に話してはいなかったようだ。私の息子だと言っていなかったということは、言えば、君が離れていくと思ったのかな。そんな心配はせずとも、私がいくらでも優秀な女性を見繕ってやるのに」

言いたいことを吐き出して気分がいいのか、堂島は軽くハハハと笑い、ゆっくりと立ち上がる。

「君もよく考えなさい。亡くなった父親と同じ職業の男だから結婚を決めたのかもしれないが、護にはいずれ、もっとハイレベルな仕事を与える。君では理解することもできない世界に身を置く男だ。今のくだらない仕事はさっさと辞めさせる」

護は保育士もSPも他人の命を守るのは同じだと言ってくれた。それがあったから、芽衣もSPである彼を受け入れられるようになっていったのだと思う。

「SPは、くだらない仕事なんかじゃありません……」

堂島の言葉に荒立つ感情を落ち着かせようと意識しながら、芽衣はゆっくりと言葉を出す。

黙ってはいられない。黙っていてはいけないと感じた。

こんな考えは間違っている。護のことも、ＳＰのことも、きっとなにもわかっていない。

こんな間違いだらけの言葉に、護を好きになった大切な気持ちを揺さぶられてたまるものか。

「わたしは、護さんがＳＰだから結婚したいと思ったのではありません。彼の、感情豊かで情に篤い、自分の仕事を誇りにしている、その人柄に惹かれたんです」

堂島があからさまに不快な表情を見せる。芽衣が護を褒めているところは、父親の彼が蔑んでいる部分だ。

「あなたが、わたしの父の警護対象者であったなんて、あなたを守ったから父が死んだなんて……関係ありません。護さんには、なんの関係もない。あなたが父親だから護さんを嫌いになるなんてこともありえないし、結婚を諦めるなんてこともありません」

堂島が、父親として護を大切に思っている気持ちはわかった。しかしそれは、自分の言うことを聞く優秀な息子、としてだ。

自分に逆らい、ＳＰとして活躍する息子を認めてはいない。むしろ愚かしいと見下している。

保育士としてまだ二年目でも、いろいろなタイプの保護者と接してきた。中には本当に、自分の子どもを操り人形のように扱う親もいる。

そんな保護者を見るたびにある感情が湧き上がる。

「堂島さん、子どもは、親の所有物じゃないんです」

普段は思っても、ストレートに口には出さない。やんわりと、遠回しに助言するにとどめる。しかし今はハッキリと言わなくてはいけないと思えた。

「幼い子どもは、親が指し示す方向に進まなくては生きていけない。けれど、自分の足で立派に歩いている子どもを意の思うままにしようとするのは、親のエゴです。するべきではありません」

「間違った道を正してやるのは、親の役目だ」

「護さんの道は、間違っていません」

「SPが間違っていないと？　他人のためにいつ命を落とすかわからない仕事が。現に君の父親は任務中に命を落とした！」

「それでも、父も間違ってはいない！　父は、自分が命をかけた仕事でその職務を全うしただけです！　人の命を守る、正義感にあふれた、素晴らしい警察官だった！」

堂島の声が厳しくなったが、芽衣も負けてはいない。口調を強くし、亡き父への想いを吐き出した。

口にして、その言葉を自分の耳で聞いて、納得する。

そうだ。芽衣は、ずっと、これを言いたかったのだ。

父を尊敬しているし、素晴らしい警察官だったと思っている。けれど、無差別殺傷事件のときに避難した部屋に閉じこめられて、怖かったのに置き去りにされたという思いが、ずっとその言葉を呑みこませていた。自分の中の葛藤に耐えられなくて、父を遠ざけて、SPという職業を憎んだ。本当は父の仕事の素晴らしさをわかっていたのに。

あの日、父は非番だった。任務中のように防具も武器もなかった。それでも、傷つけられる市民を見ているわけにはいかないという警察官としての使命と正義感で、犯人に向かっていったのだ。

そんな父が命をかけたSPという仕事を、くだらない間違ったことだなんて言われたくない。

「護さんは、正義感にあふれた素晴らしいSPです。わたしは、そんな彼を支えていきたい」

意識して声を落ち着かせ、芽衣を睨みつける堂島を見る。

「……わかっていただけなくても結構です。けれど、これが、わたしの気持ちです」

ゆっくりと頭を下げる。これ以上は言い争いたくなかった。

芽衣は自分が言ったことに間違いはないと思っているが、堂島も自分が言っていることは絶対だと思っているだろう。

相容れない言い合いほど、虚しいものはない。

沈黙が落ちた室内には、子どもたちのにぎやかな声や物音が流れこんでくる。給食の片づけも終わって、そろそろお昼寝の時間だ。

そんな平和な物音にザッザッザと砂利を蹴る音が交じる。この部屋に向かっているようだった。

「……い、めい、……めいー！」

耳に入った叫び声に、勢いよく顔が上がる。とっさに窓辺に駆け寄り窓を開けて顔を出した。

「竜治くん！　どうしたの⁉」

園舎の壁沿いを、竜治が必死に走ってくるのが見える。先ほどの叫び声も、聞いたことがないくらい切羽詰まった声だった。

「庭であそんでたら……！　あゆむが……あゆむがでっかい男に連れていかれて……！」

「歩夢くんが？」

いやな予感とともに背筋が冷える。同時に「パパの車……見えた」と言った歩夢の言葉と、「ヘンな大人が見てるって気にしてた」と竜治が言っていたのを思いだした。

（まさか、連れ去り⁉）

「すぐ行く！」

窓辺から離れ、事務的に堂島に会釈をしてドアへ向かおうとすると……。

「トラブルが起きたなら通報して警察に任せなさい。子守りの仕事じゃないだろう」

芽衣は一瞬立ち止まるが、すぐにドアを開け堂島に顔を向けた。

「この園にいるときは、わたしたち保育士が保護者の代わりに子どもたちを守るんです。自分の子どもが目の前で連れ去られそうなときに、黙って見ている親はいないでしょう」

応接室を飛び出し、走って玄関へ向かう。園庭で遊んでいたなら職員玄関から出るより正面玄関のほうが早い。玄関付近は、お昼寝のために園庭から園舎に戻ってくる園児でごった返している。「せんせー、はしっちゃ、めっ」と怒られ「ごめんねー」と謝り、それでも走った。

「芽衣先生?」

玄関で年少園児の靴を脱がせていた真奈美が慌てた様子の芽衣を見て目を丸くする。詳しく説明している暇はない。芽衣は上履きのまま外へ飛び出す。

「真奈美先生！　歩夢君、連れ去りかもしれないんです！　園長に連絡を！」

「えっ！　わかった！」

正面玄関は職員室の前だ。大きい声だったので中の職員にも聞こえているだろう。

園庭にもう園児はいない。園庭のフェンスの向こうに黒い車が停まっているのがすぐにわかった。

その車の前に、ポロシャツ姿の体格のいい男と歩夢がいる。歩夢は車に乗せられるところだった。

「歩夢くん！」

芽衣は叫びながら全速力で走る。気づいた歩夢が目を見開き、芽衣のほうに走ってこようとした。すると、男が歩夢の腕を掴んだのである。

「うちの園児ですよ！　放してください！」

歩夢を掴んだ男の腕を見てハッとする。派手な金色の時計。

（歩夢君の、元父親だ！）

保育園に怒鳴りこんできたとき、護に助けられたときも、時計が記憶に残っていた。

芽衣は歩夢の肩を抱いて自分に寄り添わせる。男に腕を掴まれながらも、歩夢はもう片方の手で芽衣のエプロンにしがみついていた。

「警察を呼びます。あなた……南場さん、ですよね？」

「親が息子に会いにきてなにが悪いんだ」

「母親か弁護士さんの許可は？　単独で歩夢君には会えないはずです。それも、連れていこうとするなんて……」

「通りかかったら歩夢を見つけて、『おいで』って言ったら、歩夢のほうから寄ってきたんだ。人を誘拐犯みたいに言うなよ」

そのとき、園舎のほうから数人が走ってくるのが見えた。ホッとしかけたが、いきなり強い力で身体を押され歩夢とともに車の後部座席へ押しこまれた。

座席に倒れた芽衣の背中に歩夢が倒れてきたので、体勢を整えるのが遅れてしまう。歩夢を庇いながら身を起こしたときには車が走りだしていたのだ。

「園に戻ってください！　なぜこんなことをするんですか！」

「オレは子どもに会いにきただけだ！　なぜって聞きたいのはこっちだ！　歩夢だって、オレに会いたいから寄ってきたんだろう！」

後部座席で歩夢が身を寄せて芽衣にしがみつく。顔をゆがませて今にも泣きそうだ。

「だいたいな、オレは歩夢の父親なんだ。それを、許可がなくちゃ会えないとか、おかしいだろう？　おい！」

「歩夢くん、自分から近寄ったの？　『おいで』って言われても、近寄っちゃいけないってお母さんに言われてない？」

鬱憤《うっぷん》を叫ぶ南場に構わず、芽衣は歩夢に話しかける。車に乗せられたとき、園舎からは職員が向かってきていた。目の前で園児と保育士が連れ去られたのだ。今ごろ警察に通報されているだろう。

警察が車を見つけてくれるまでのあいだ、歩夢を守らなくては。

芽衣の質問に、歩夢はエンジン音にまぎれて聞こえなくなりそうな小さな声で答えた。

「……行かないと、また、たたかれるって、おもって……」

胸が詰まった。「おいで」と言われたから、そのとおり近づいていかないと暴力をふるわれると怖くなったのだ。

なにかと理由をつけては日常的に暴力があったのだろう。それだから歩夢は、言われたとおり近づいてしまったのだ。

（なんてことを……！）

歩夢をギュッと抱きしめる。

「大丈夫だよ、先生がついてるからね」

芽衣は歩夢と約束をしたのだ。「先生が君を守ってあげる」と。その言葉を聞いた歩夢は安心して笑ってくれた。子どもの信頼に応えられる保育士でいなくては。

「歩夢はオレのことが好きなんだ。なのに、それが面白くないアイツが、オレから歩夢を取り上げようとしてる。いきなり歩夢を連れて出ていった。ほら、母親の連れ去りってやつだ。別れたいからって男を悪者にして、勝手に子どもを連れて出ていくやつ。それそれ、まさしくそれなんだ！」

南場はひとり興奮して話し続けている。スピードがかなり出ている。保育園の通りから大きな通りに出た。比較的駅に近い場所ということもあって車も多い。

「なぁ、あんた、保育士だろう。なんとかしてくれよ。前にも言ったろう、オレの歩夢なんだ。オレの子どもなんだよ。オレの……」

　タイヤを鳴らして車が大きく横に揺れる。歩夢が「ひゃぁ！」と悲鳴をあげて芽衣にしがみついた。

　乱暴に車線変更をした車はスピードを落とすことなく走り続ける。せめてどこかで信号に引っかかってくれたら、止まった瞬間に外に出ることはできないだろうか。

　芽衣にしがみつく歩夢が震えていた。駄目だ。渋滞に引っかかって周囲の車も停まっているのならともかく、この子をかかえて車道へ飛び出すなんてできない。

　やはり、早く警察に見つけてもらうしかないのだ。

＊＊＊＊＊＊＊＊

「思ったより早く終わったな」

　助手席の先輩SPが軽く両腕を伸ばして伸びをする。運転席でハンドルを握りながら、護は軽くハハハと笑った。

「俺のおかげですよ。感謝してください」

「ぬかせっ」

頭を小突かれるものの、先輩も悪気があってやっているわけではない。護を小突いた手で笑いながら首元をゆるめている。

今日は午前中から、施設の落成式に参加していた議員の警護にあたっていた。ＳＮＳなどを活用し親しみをもたれている議員だけに、見物に来ている一般人から気軽に声がかかる。

議員の人柄というかサービス精神というか、握手だけならまだしも写真撮影にも応じてしまう。印象が大切なので仕方がない。ＳＰはひたすら周辺に目を配るのみだ。

ひとりの男が議員の名前を呼びながら嬉しそうに駆け寄ってくる。片手にはスマホ。もう片方の手にはリボンがついた細く短い棒を持っている。ファンがプレゼント持参で一緒に写真撮影をしようと駆けつけたのだろう。……と、誰もが思った。

が、男が議員に近づく手前で行く手をふさいだ護は、棒を持った男の腕を掴みその場から引き離したのである。

引っ張られながら文句を言い暴れる男に手錠をかけ、おとなしくさせた。

男が持っていたリボンがついた棒は、手持ち花火だったのである。ＳＮＳで親しくなった――と、一方的に思っている議員との初対面を祝して花火で祝いながら写真が撮りたかったらしい。

男に悪気は一切ない。純粋に、マブダチの議員と写真を撮りたかっただけだ。

「あんな場所で手持ち花火なんて使われたら大騒ぎだったからな。おまえの早すぎるアクションには本当に驚かされるよ」

「議員の名前を、ちゃん付けで呼びながら走ってきたんですよ。人気議員と親しい自分、を演出したかったんでしょうね。SNSってやつは、人間同士の距離感を間違わせがちです。本当なら接する機会さえない人物に対して、友だち感覚になってしまう輩も多い」

「あー、わかる。オレもやってるけど……いるな、そういうやつ。でも議員の人間性に目をつけて判断した、おまえのその正確に先を読み決断するってスキルは、なにをやったら身につくんだ」

「手っ取り早いところでは株、ですかね」

「ああいうの苦手」

先輩があからさまにいやそうな顔をするのを見て、護は苦笑いをした。株式投資と聞くと〝難しい〟という先入観を持たれがちである。突き詰めれば難しいし専門的な知識も必要だ。けれど初心者でも手を出しやすい投資方法もたくさん存在する。

そのうち興味を持ったら初心者用の簡単なものでも勧めてみようか。そんなことを考えつつ話をそらす。

「それはそうと、帰庁するまでネクタイはゆるめないほうがいいですよ。課長はともかく理事官にでも見つかったら、『これだから四係は』とかぶつぶつ言われますよ」

「大丈夫。車を降りる一瞬で直せるから。慣れたもんだって。理事官の目なんて簡単にごまかせるよ」

先輩は自信満々に笑う。車内にスマホの着信音が響いた。

「オレじゃないな。おまえのみたいだ」

「運転中なんですから出られませんよ。ほうっておけば留守電になります」

「噂《うわさ》をすればなんとやらで理事官だったりして」

「俺は怒られるようなことはしてませんからね。平気ですよ」

なにかを気にしたのだろうか。先輩はさりげなくネクタイを直す……。

程なくして電話は切れたが、すぐにまた鳴り響いた。

「留守電じゃだめみたいだな。悪いコトした女にでも電話番号教えたのか?」

「先輩じゃあるまいし」

「どういう意味だぁ、コラぁっ」

「かわいくないから駄目です」

ふざけて声色を変える先輩に駄目出しをしながら路肩で停止する。芽衣が「コラぁっ」と言ったら間違いなくかわいいな……などと思い、想像して心が歓喜しかけるが、着信相手の名前を見て気分は奈落へ落ちた。

――父だったのだ。

『不審者が出たようだ。教えてやるから感謝しろ』

応答していきなりの第一声。まず先に言うことはないのか。当然だが護はムッと不機嫌な顔になってしまった。――突然の護の変化に、先輩が驚いているのが伝わってくる。

「それなら110番へどうぞ。俺よりそっちのほうが早い」

『あるかんしえる保育園にだ』

その名前に、護の表情が変わる。――急に眉を寄せて顔を上げたせいか、先輩が再び驚いて背筋を伸ばす。

『あの娘、保育士が保護者の代わりに子どもたちを守る、と生意気にも反論してきた。たかが子守りが大きなことを言う。自分まで攫《さら》われて子どもを守れるのか、おまえが見てこい。できたのかできていないのか、私に報告しろ』

いつものことだが、とんでもなく偉そうだ。父の性格をよく知らない人間なら殴りかかっていってもおかしくはない。

だが、よく知っている護だから、わかることがある……。

「反論されたのに……その人間の行動の結果が知りたいということは、芽衣は、父さんが〝気にするべき人間〟になったということですね?」

『不審者を追ったようだ。失敗し、自分の非力さを思い知って泣くだろう。それを知りたいだけだ』

「興味が湧かなければ、反論された時点で捨て置きますよね。いつもは」

父は芽衣になにを言ったのだろう。予想はつく。護への未練と、今の仕事を辞めさせようとしている理由を延々と語ったのだろう。

芽衣の父親が、自分を守って亡くなったSPであることも明かしたに違いない。

芽衣を不用意に傷つけたのなら、それは許しがたい。しかし、こうして連絡をよこしたということは芽衣が気になったからだ。

めずらしい。驚くと同時に気分がいい。芽衣は、非合理なことはなにひとつ許さない父の心を動かせる女性なのだ。

護はちらりと先輩を見てアイコンタクトを取る。

「あるかんしえる保育園で不審者。園児と一緒に保育士が拉致《らち》された、ということで間違いありませんか」

まとめた情報を口にすると、先輩が無線を手にして情報を集めだした。

「芽衣は、園児への愛情にあふれた素晴らしい保育士です。非力などではない。報告を待っていてください」

父の言葉を待たず通話を終える。保育園側から通報があったらしく、情報はすぐに取得できた。ここは保育園からもそれほど離れてはいない。

「戻る前に、ちょっと不審者に会っていきましょう。すぐ終わりますよ」

車のギアを入れる。先輩がからかうようにため息をついた。

「なんだ？　おまえのカノジョ絡みか？　って、からかってる場合でもないか。こんな明るいうちから子どもと保育士を拉致とか、呆れたやつもいたもんだ」

「……ちょっと黙ってください。婚約者の危機でイラつき始めてるんで」

「不審者は危険だからな。さっさと片づけよう」

コロッと変わった先輩を横目に苦笑いをし、護は車を走らせる。

車のナンバーを聞いてすぐにわかった。お見合いをしたばかりのころ、芽衣を無理やり乗せようとした車のナンバーだ。

あるかんしえる保育園の園児の父親のもので、離婚調停中だった。芽衣に止められて様子を見ることしかできなかった。

本人からの被害届、という書類上のものがなくては警察は動かない。というより動けない。

なんにしろそんな危険な保護者がいるのは好ましくないので、なにか別件で引っ張れないかと知り合いの巡査に調査を頼んでいたところだった。

（離婚調停ってことは、子どもの連れ去りか……。あんまり罪を重ねるなよ）

子どもと保育士を乗せて車が逃走したのは駅方向。ナンバーはわかっているのだから探しやすい。

——芽衣になにかあったら、許さない。芽衣が守ろうとしている子どもにも。

護は強くアクセルを踏みこんだ。

＊＊＊＊＊＊＊

「子どもはオレのものだ。アイツになんか渡さない。オレの歩夢だ、オレの……」

「そんなに歩夢君が大事なら……なぜ暴力なんかふるうんですか。そんなことをしなければ、一緒に暮らせていたかもしれないのに」

血走った目がルームミラーから芽衣を睨みつける。

「……歩夢は、オレのものなんだ。オレの言うことを聞かないから叩いただけだ。それのどこが悪い。オレのものだ……。オレのものなんだよ！」

「やめてください！　子どもを物みたいに言わないで。子どもは親の所有物じゃないんです」

「食わせて生かしてやってんだろうが！　誰のおかげで生きてると思ってんだよ！　生意

気言ってんじゃねえ‼」

怒鳴り声をあげた南場がハンドルを強く叩く。恐怖で泣き声をあげた歩夢を芽衣がきつく抱きしめると、泣いたのが気に入らないとばかりに振り向く。

「うるせえ！　泣くな！　黙れ！」

「あなたこそ黙って！　歩夢君は悪くない！」

「てめぇ、このっ！」

怒りに駆られているが運転中だ。振り向いた瞬間にハンドルはぶれ動き、さらに車が横滑りして歩道に乗り上げた。

南場が焦ったところで、すでに遅い。ブレーキを踏む間もないままレトロな喫茶店の立て看板に激突し、植え込みを囲む木枠に突っこんだのである。

「うわぁ！」

南場が声をあげる。芽衣はとっさに歩夢を片腕で強く抱き、座席の隅で覆いかぶさるように身を縮める。もう片方の手でアシストグリップを強く摑んで自分の身体がぶれないように力を入れた。

看板と木枠にぶつかり、ブレーキを踏んだことで車は停まる。

「くそっ……！」

悪態をついてエンジンを回そうとしているようだが、ぶつかった拍子に不具合が発生したのかエンジンがかからない。

逃げるなら今だ。芽衣は歩夢の身体をずらしながら広い歩道側のドアを開けた。しかしすぐ南場に気づかれてしまったのである。

「逃がさねえからな、このっ！」

南場が勢いをつけて運転席から転がり出る。遠巻きに見ていた通行人から悲鳴があがった。危険運転で突っこんできた車から体格のいい男が怒鳴りながら出てくれば、恐怖を煽られないわけがない。

開け放たれた後部座席の入り口に、獲物を逃がさんと死に物狂いになる男の鬼気迫る姿が立ちふさがる。

恐ろしいというよりあまりにも醜悪だ。芽衣は必死に歩夢を抱きしめ、顔を自分に押しつける。

歩夢に実の父親の醜態を見せたくなかった。

幼い歩夢に、これ以上親に対する悪い思い出を与えたくなかった。

勢いよく片方の上腕を掴まれビリッとした痛みが走る。反射的に顔をしかめるが、その手はすぐに離れていったのだ。

「はい、現行犯。これ以上はやめなさい。社会復帰できないほど罪がかさむ」

聞き覚えのある声に、芽衣は大きく目を見開く。南場の手を掴んで離させたのは――護だったのだ。

「放せ！　おまえに関係ない！」

「関係ある。俺は正義の味方だから」

「馬鹿かおまえ！」

南場は思いきり手を振り上げ護の手を払う。そのまま護に殴りかかったが反対にその手を掴まれ引っ張られる。前にのめった背中に護の肘が入り、歩道に倒れるのと同時に腕を背中にひねり上げられ膝で腰を押さえつけられた。

流れるような動作は一瞬で、しっかり見ていたはずの芽衣でさえ目をぱちくりとさせてしまう。

おまけに彼はスーツ姿で芽衣が見たことのある赤いネクタイをつけている。あれはSPが任務の際に締める特別なものだ。父が締めているのを見たことがある。スーツの襟にはSPバッジと呼ばれる警視庁警護員記章がついていた。

（護さんっ、任務中だったんじゃっ⁉）

任務中に偶然遭遇したのだとしても、マルタイ放置など由々しき問題だ。

（ど、どうしよう、巻きこんじゃった……⁉）

慌てる芽衣の気も知らず、護は自分のスーツのポケットを探り「あっ」と声をあげ眉を寄せている。南場は動きを封じられたまま歩道に伸びていた。

「大丈夫ですかー！」

警官がふたり走ってくる。

駆け寄ってきたふたりに向かって、護は自分の警察手帳を提示した。

「警視庁警備部警護課第四係の堂島です。申し訳ないが手錠を貸してもらえないだろうか。先の任務で使用してしまって手持ちがない」

一般人が取り押さえたと思いながら寄ってきただろう警官ふたりの態度が一変する。ピシッと背筋を伸ばし敬礼してから、ひとりが自分の手錠を差し出した。

「ありがとう。お借りします」

「いいえ、とんでもありませんっ！」

南場に手錠をかけ、立たせて警官ふたりに引き渡す。

「危険運転、及び器物破損。また、この男は保育園から子どもと女性を連れ去りました。あと、被害届は出ていませんが、月の初めに女性を連れ去ろうとした。おそらく自分の話を聞いてもらえなかった嫌がらせだとは思いますが」

「わかりました。そちらの件につきましても調書を取る方向で進めます」

警官の内ひとりが車に残された芽衣と歩夢の存在に気づく。近づこうとした警官を制止し、代わりに車を覗きこんだのは護だった。

「大丈夫か？　園児を守って、よく持ちこたえた。さすがは優秀なＳＰを父に持つ娘だ」

「護さん……どうして……」

「申し訳ないが、これから事情聴取させてもらわなくちゃいけない。君がすべて話せるなら、子どもは園に戻してもいい」

「話せます。この子の事情も、承知しているので。……ですけど、園児の家族に関することなので、この子の母親にも連絡を取らせてください。……保育士として、園児の個人情報を許可なく口にはできません」

護はふっと微笑むと、手を伸ばして芽衣の頰をツイッと撫でた。

「立派な保育士さんだ」

その手の人差し指を口の前にあて、声を潜める。

「いろいろ聞きたいことはあるだろうけど。あとで」

聞きたいことはたくさんある。けれど、今は呑気に聞いていられない。芽衣が首を縦に振ると、護が微笑んで車から離れた。警官たちに子どもを園に戻す旨を話してくれている。

芽衣がそっと歩夢の頭を撫でると、ぴったりくっついていた顔が上がる。芽衣を見てにこっと笑顔を見せた。

「めいせんせい、やくそく、守ってくれた」

「ん？　約束？」

「めいせんせいが守ってくれるって言ったもん。ありがとー」

胸がふわっとあたたかくなる。くすぐったいくらい嬉しくて、泣きそうだ。

この子を守ることができた。それが心から嬉しい。

父もこんな気持ちだったのだろうか。父が守っていたのは要人ばかりだったけれど、それでも、誰かを守りきったという満たされた気持ちを嚙みしめながら、新たな任務に向かっていたのではないか。

父の気持ちが、少しわかった気がする。

「だって、みんなの笑顔を守るのが先生のお仕事だもん」

芽衣はどこか清々しい気持ちで、歩夢を抱きしめた。


その後、歩夢を保育園に戻し、芽衣は聴取に応じるために早上がりをさせてもらった。

事情聴取というと、窓が小さく薄暗い取調室……が思い浮かぶが、そんな陰気な雰囲気はまったくない会議室のような場所だった。

笑顔がかわいい若い婦人警官が担当してくれたおかげで、あまり緊張することもなく終えられたのである。

とはいえ、書類だ、確認だ、と時間はかかるもので……。

迎えにきてくれた護とともに彼のマンションに帰ったときには、オムカレーを作るには遅い時間になってしまっていた。

「悔しいなぁ……」

パックご飯をお皿に盛って、そこにレトルトカレーをかけたものをふたりで食べながら、芽衣はため息混じりに言葉を出す。

「オムカレーが作れなかったこと？　いいよ、また次の機会で。楽しみにしてる。俺、カレーもオムライスも好きだし。芽衣が作ってくれるカレーなら一週間続いてもいい」

カレーを食べながら護が嬉しいことを言ってくれるが、違うのだ、カレーが作れなかったことが悔しいのではない。

「そうじゃなくて。いや、カレーは作りますよっ。でも、……このカレー、美味しすぎませんか？」

「今食べてるやつ？」

「レトルトにしては美味しすぎるっていうか、護さんにパウチを渡されてそのまま温めたけど、どこのメーカーのなんですか？」

「警視庁の近くにあるレストランのオリジナルカレー」

「……一食、四桁？」

芽衣はスプーンを持ったまま固まり、厳しい顔で護を見る。

「そのくらい」

「贅沢ですよ～、護さん～」

伸ばした背筋がふにゃっと崩れる。レトルトカレーに四桁は芽衣の許容範囲外だ。

言われてからスプーンを入れようとすると、パックご飯とレトルトカレーというお手軽ディナーが、高級レストランの一皿に見えてくる。

カレーを睨みつける芽衣を前に、護は楽しげに笑いながらガラス容器に入った福神漬けを付属のスプーンですくった。

「芽衣と一緒だし、今日は大変だったろう？　だからとっておきのを出しただけ。俺だっていつもは行きつけのスーパーで特売のやつを買っているし」

「本当ですか？　それならわたしと同じっ」

共通点を見つけた嬉しさで、張りきって顔を上げる。ニヤッと意地悪く笑う護と目が合い、ドキッとした。

「副業やってるからって贅沢して～、とか思ったな？」

「そっ、そんなことっ……思いました……」

慌てるあまり一瞬ごまかそうかと思ったが、すぐに無駄だろうなという結論に至り素直になる。

護から直接副業の内容は聞いたことはない。だが、彼があの場に現れたのは彼の父親が知らせてきたからだという。父親が芽衣に会ったというからには、護のことをなにからなにまで話したのも見当がついているだろう。

そして、芽衣の父が殉職した詳細も……。

「芽衣」

せっかく福神漬けを多めに盛ったというのに、護はスプーンを置いて静かに声を出す。

覚悟をするように、しかしおだやかな表情で芽衣を見つめた。

「おそらく、父が話しただろう？　高羽さんのこと」

「……はい」

「父が、高羽さんが亡くなる原因になったマルタイだったことは、時期を見て俺から話すつもりだった。こんな形で知らされてショックだったろう。すまなかった」

「護さんは……それがわかっているのに、どうしてわたしとお見合いしようなんて思ったんですか？」

一瞬黙った護だったが、思いだすようにまぶたをゆるめ、静かに微笑む。

「高羽さんが、どんなに自分の娘を愛していたか、伝えたかった」

なにか言いたくて口は開いたが、言葉は出なかった。護の話を遮りたくない。彼が伝えようとしてくれているものを聞きたいと、全身で切望する。

「仕事では厳しい顔が、娘さんの話をするときだけは柔らかくなる。親馬鹿と自分で言ってしまう人で、……事件で娘さんを傷つけてしまったことを、なによりも悔やんでいた」

芽衣は全神経を集中させて護の声に耳をかたむけた。先を聞きたくて気持ちが急《せ》くあまり背筋は伸びて、手にしたスプーンは意識の外になりカレーの中に沈んでいく。

護が語ってくれたのは、芽衣が知らない父の姿。内緒で母がスマホに送ってくれる娘の写真を見ては表情をやわらげ、卒業式や入学式には涙ぐみ、上位の成績を取ったり学校主催のコンクールや競技大会で入賞したりすれば「私の娘はすごいな！」と超ご機嫌になる。そして、そんな娘に一生許してはもらえない思いをさせたことで苦しんでいた。

「大切な娘さんを傷つけたことで気まずくなり疎遠にはなったけれど、高羽さんは、いつも君を大切に思っていた。それを伝えたかった。できれば、高羽さんの代わりに、娘さんを守ってあげられないだろうかとも考えた」

そこまで言って、護は思いだし笑いを嚙み殺すように肩を揺らす。

「……でも、芽衣に会ったとき、俺は芽衣自身に惹かれてしまって、まずは自分を好きになってもらうことに一生懸命になってしまったな。高羽さんが俺に『私になにかあったら娘を頼む』って言ったことがあって、俄然《がぜん》その気になった。ただやっぱり『父親と同じＳＰじゃ駄目か』とも言っていたから、時間をかけるしかないと思っていたし」

「今は駄目じゃないです」

やっと言葉が出た。芽衣は息を吐きながら肩を楽にし、護に微笑みかける。

「最初はそうでした。ＳＰなんて冗談じゃないって。でも、護さんを見ていて、ＳＰの印象も変わったし、なにより父に対する自分の気持ちをシッカリと考えることができた。思っていても言えなかったこと、自分の中で認められていなかった気持ち、それを全部引き出してくれたのは護さんですよ。ありがとうございます」

「芽衣……」

「わたし、護さんのお父さんに、護さんがわたしとお見合いをしたのは罪滅ぼしだみたいなことを言われたけど、罪滅ぼしでも同情でもどうでもいいって思えた。疑う気にもなれなかった。護さんがわたしを好きになってくれたことも、わたしを絶対にひとりにしないって言ってくれたことも信じているから。なにより、わたしが護さんのこと大好きだから。こんな強い気持ちを持てるのも護さんのおかげですよ」

嬉しそうに芽衣を見つめていた護だったが、ちょっと困ったようにひたいを押さえ、ため息をついた。

「俺の父親、そんなことまで言ったのか。たぶん芽衣にいろいろ話しただろ。副業のことだけじゃなくて、子どものころからこういうことをしてやったんだから、こういう道に進んでこういう人間にしたい、みたいな話」

「してました。本当にそういう感じです。聞いていたみたい」

「あの人の未練話はいつもそんな感じだ。いい加減諦めたらいいのに」

「でも、護さんって、すごい天才児だったんですね……。子どものころから株式投資に才能があったなんて。ギフテッドっていうやつですよ。……保育園にも、そういう子がいるから思いだしちゃいました。すごく礼儀正しくて、品行方正のお手本みたいな子なんです。でも、幼いころから詰めこまれていると大変ですよね」

護も真一郎と同じように、息苦しい幼少期を過ごしたのかと思うと切ない。

こんなに人あたりがよくてムードメーカーといわれるほどの人が、重く圧《の》しかかる期待を背負わされていたなんて。

「幼児教育も珍しくなくなったし、やっぱりいるんだな、詰めこまれ型って。ああ、でも、芽衣が言ったその子とは、俺はちょっと違ったかな」

「どういうところがですか？」

護が幼少期を話してくれるようだ。

本人から聞けると思うと胸が高鳴る。芽衣は期待に満ちた眼差しを向けながらカレーを口に入れた。

「礼儀正しい品行方正のお手本っていうより、やんちゃなリーダーって感じだった。落ちこんでたり泣いていたりする友だちに話しかけて元気づけたり、喧嘩《けんか》の仲裁に入ったり、幼稚園の先生がたともタメ口だったな」

予想外すぎる話に、口に入れたスプーンが引き抜けない。

なんと……。

真一郎タイプというよりは、竜治タイプだ。

「まあ、昔からムードメーカーだったたってことかな」

芽衣の気持ちも知らず気楽に笑う護を見ながら、急いで咀嚼をしてカレーを飲みこむ。

「でも、息苦しさとかありましたよね。小さなころから勉強ばっかりで。こう、圧しかかる期待の重圧みたいな」

「感じてはいたけど、俺はそのころから父の性格が嫌いで、勉強して父より賢くなっていつかひとあわ噴かせてやるって思っていたから、あまり苦にはならなかったな。ディーリングの腕を磨いたし。中学のころには父に頼らなくてもひとりで生きていけるだけの道はできていた。期待どおりの進学校に進んで、最後の最後に警察学校を選ぶっていう斬首レベルの裏切りかたをしたけど。でもまあ、スッキリしたな、あのときは」

タイプがまったく違う父息子なので、ウマが合わないのはわかるのだが……。

(護さん……長期戦すぎませんか……)

高校卒業間近まで従順――だと思っていた優秀な息子の、突然の裏切り。父親にとっては、まさしく青天の霹靂《へきれき》だっただろう。

「勘当まで言い渡したくせに、その後もなにかとちょっかいをかけてくる。まだ従わせることを諦めない。父もなかなかしぶとい」

「そりゃあ、約十八年かけて親を出し抜いた息子を持つ人ですから。息子と同じでかなりしぶとくて執念深いんじゃないんですか？」

「そうかもな」

言葉だけ聞けば悪口なのだが、護は楽しそうに笑っている。本当に竜治タイプだ。

「わたしが受け持っているちゅうりっぷルームに、護さんが言うやんちゃなリーダータイプの男の子がいるんですよ。朝のお迎えではいつも抱きついてきて『オレのめい』が定番のセリフで。護さんがそのタイプだったと思うと、なんだか複雑です」

最後のひと口を飲みこんだ護が、そのままジッと芽衣を見る。視線を据えたままビールの缶に口をつけ、缶を上にかたむけていく。明らかに一気飲みをしたあと、缶を置きながら口を開いた。

「抱きつくっ？　『オレのめい』発言っ⁉　俺の芽衣なのに⁉」

「反応遅っ。園児と同じこと言ってますよ」

「今日も車の中で園児に抱きつかれていたな。そういえば」

「あれはしがみついていたんです。怖かったんですから、当然ですよ」

「胸に顔をうずめていただろう」

うずめる……とは表現がいやらしい気がする。

「抱きついたら普通にああいう体勢になりますよ。子どもって、胸で抱っこしてあげると落ち着くんです。乳幼児のお世話のときは必ず耳を胸につけるんですよ。赤ちゃんは心音で安心してくれることが多いからよく寝てくれますよ」

職業柄当たり前の話をしてみるが、護を煽ってしまったようだ。

「胸で……抱っこ……」

「ま、護、さん?」

「俺の芽衣の胸で?」

「だからっ、うちの園児みたいになってますってて っ」

護にあるまじき慌てぶり。果たしてこれは、芽衣を楽しませるために冗談でやっているのか、それとも本気なのか。

「そうか、保育園にいたら、いつでも俺の芽衣にベタベタできるんだな。俺は遅れを取っているということか。これはいけない、そんなことが許されるものか。俺が一番芽衣を知っていなければいけないのに」

(あ……これは本気だ)

胸で抱っこ、はNGワード。肝に銘じてカレーを食べきる。

「ごちそうさまでした～、美味しかっ……」

「そうか、わかったっ」

両手を合わせてごちそうさまをしたところで、護が勢いよく立ち上がる。ごちそうさまポーズから動けないでいるうちに、いきなり護にお姫様抱っこされた。

「ひぇっ⁉」

「俺ができて園児ができないことはたくさんあるな。一緒に風呂に入ろう」

「はいぃ⁉」

「確かもう沸いているはずだ」

「えっ、ま、まもるさんっ？」

あまりにもいきなりで声がひっくり返ってしまった。

護は構わずバスルームへと進んでいく。ドレッシングルームの洗面台の前で下ろされ、キスをされた。

「駄目？」

ひたいをつけて覗きこんでくる目が、なんだかずるい。甘えているような、拗《す》ねているような。これは、大人の悪戯っ子がする目だ。

「護さん……やきもち？」

「うん、あたり」

そのまま唇に、唇の横に、頬に、耳に、護の唇が移動していく。甘い声が耳朶を打った。

「芽衣と、入りたいな。身体洗ってあげたい」

声にゾクゾクして、思わず護の両腕のシャツを摑んでしまう。

一緒に入浴するのは初めてではなくても、やきもちを焼いた直後に一緒に入りたいなんて、入浴中になにかされるのは確定だし、それがわかっていて「いいですよ」と言うのも恥ずかしい。

嫌ではないし期待する自分を感じているのが本当のところ。しかし、ノリノリの芽衣先生調子で「よぉし、入っちゃうぞ～」とごまかしても恥ずかしいものは恥ずかしい。

「芽衣のスカート。ここ下ろせば脱げる?」

護はすっかりその気だ。

唇を芽衣の首筋で遊ばせながら、ジャンパースカートの胸元からウエストまで続くファスナーのリングに指を引っかけている。

黒いジャンパースカートはローウエストからの切り替えで膝丈のプリーツになっている。護が言うとおり前ファスナーで脱ぎ着するのだ。

「あたり、ですけど、護さん、お風呂はもう少し待ったほうが……」

「どうして?」

「食べたばかりだし……。ほら、食べてすぐの入浴はよくないっていうじゃないですか。だから……」

「そうか、それじゃあ、ここで少し腹ごなししよう」

「は?　はぇっ⁉」

持ち上げられ広い洗面台に座らされる。ロングカウンターの洗面台なので余裕で座ることができた。

「ま、護さん……」

ジャンパースカートのファスナーが下げられ、護が白いカットソーを胸の上までめくり上げていく。膝立ちになって芽衣のへそに舌を這わせ、ブラジャー越しに胸のふくらみを強く摑んだ。

「もぉ……やっぱり、そういうことするぅ……んっ」

「腹ごなししないと、風呂に入っちゃ駄目なんだろう？　俺は芽衣先生に従っただけ」

「いい子なのか悪い子なのかわかりませんっ……ぁンッ」

ブラジャーのカップを下げられ、白いふくらみがむき出しになる。両手で摑みながら交互にしゃぶりつかれた。

「んっ、ぁん、こんなところで……」

両手を身体の横でついて不安定な身体を支える。しかし胸の頂からびんびん響いてくる刺激のせいで腰が動いて、まだ不安定だ。

「ぁん、ダメッ、落ちちゃう……ぁぁんっ」

「大丈夫。俺が支えてるから」

座る芽衣の両脚を開かせたあいだに入って、護は洗面台に身体をつけて彼女の乳房をもてあそぶ。これなら腰が滑っても護がストッパーになって落ちない。

「ああっ、ダメェ、ぅうんっ」

乳首を指で弾くように掻かれ舌で舐《ねぶ》り回されて、うずうずしたものが腰に溜まってくる。どうしてももじもじとじれったそうに動いてしまい、そのたびに前にずれるのだ。

「あっ、やぁん、あっ、アッぁ……」

脚が落ちそうになるが護がいるので落ちない。

しかし困ったことに脚の付け根が彼の胸にくっついているので、腰を動かすたびに秘部が押されて刺激される。

「あっ、アンッ、やだぁ……」

予想外の刺激を受けて、予想外の快感が生まれる。胸の愛撫に腰を揺らせば、もれなく秘裂が悦びを表す。

じわじわと染み出していくような愉悦がたまらない。まさかこんなことで気持ちよくなっているとは護も思わないだろう。

「わかったわかった。芽衣は我が儘だな」

「え？　ひゃっ……！」

スカートをまくられたかと思うと、両足首を摑まれて開脚したままカウンターに両脚を置かれたのである。身体を少しうしろに反らすと頭が鏡にあたった。

自分でも驚くほどの大開脚だ。跳び箱でもこんなに開かない。

「気持ちよさそうに押しつけてくるから、すぐわかった」

　大きく開いた芽衣の内腿を両手で押さえ、身体を落とした護がショーツの上から秘部に唇をつける。食べるように大きく唇を動かされ、布から伝わる強い刺激をあふれた愛液が心地よさに変えていく。

「あっ、ぁあんっ、ダ……メぇぇ……」

　布越しに与えられる刺激は、心地いいけれどじれったい。腰がゆれ、今度は脚がずれて落ちそうになる。

　内腿を押さえられているのでカウンターから落ちてしまうことはないにしても、やはり不安定さは否めない。

「落ちちゃ……護さん、落ちちゃぅ……ぅんん」

「芽衣が気持ちイイって暴れるから」

「護さんが、こんなところでするからですっ」

　照れくさくて言い返すものの、完全に図星である。笑いながら護がカウンターから下ろしてくれる。すぐにうしろを向かされカウンターに両手をつかされた。

　スカートがまくられショーツが膝まで下ろされれば、この先になにをされるかはハッキリとわかる。

「……シちゃうんですか？」

振り向いて確認しようとしたが、顔を上げたところにカウンターと同じ幅の広い鏡があり、背後の護の様子がしっかりと見える。

彼は躊躇なく避妊具の封を切っていた。

「スルよ。腹ごなし。心配しなくても、風呂のあとはベッドでじっくりスルから」

「心配してませんよっ」

（シないわけがないですよね、護さんが）

口には出さず心で呟いていると、腰を摑まれ引き寄せられる。

「……あの、わたし、明日も早番なので、お手柔らかに……」

「安心して。俺も仕事だし。明日も警護スケジュールが入ってるし」

「護さんは心配ないでしょう。体力オバケだから」

「あっ、そういうこと言うんだ」

「ぁぁああっ！」

熱い塊がずぶぅっとめりこんでくる。お腹の奥までパンパンになったかと思うと、隙間ができてまた埋まっていく。

深くまで攻めこまれる刺激で両膝が震え崩れそうになる。護が抱きつくように腹部に片腕を回し、支えてくれた。しかしただ支えるだけですむわけもなく、もう片方の手はしっかりと乳房を揉み回す。

「あぁっ！　はぁアッ……！　護、さっぁぁん！」

「芽衣のナカ、さいっこうに気持ちイイ」

「んっ、あっ、あ、ほん、と？　ぁぁあんっ」

「本当。ずっと入っていたいくらい」

護が顔を寄せてくる。芽衣が顔を横にかたむけると唇が重なる。舌同士を絡めて彼の唇で擦られ、口腔内が潤っていく。舌の愛撫に夢中になっていると、いつの間にか涎《よだれ》を垂らして快感を享受していた。

「あっ、ハァ……あぁ、まもる……さぁん、好きぃ……」

「俺も、好き」

猛る欲棒の切っ先が内奥を穿ち、目の前に火花が散るような電流が走る。支えられてやっと立っている芽衣の耳元で、護がズルいお願いをした。

「芽衣、イかせてあげるから、答えて」

「なあ、なに……なんで、すか……ぁあっ、ハァ……」

「短冊に書いた、俺の願いは叶ったかな？」

「短、冊……ハァあ、あっ」

淫路からジンジンと伝わってくる快感に意識が持っていかれて、上手く思考が回らない。

「一緒に、お願いごとを書いただろう？　神社で」

「書い……た、ぁっ、んっ、かいたぁ……ハァぁ」

「俺、芽衣さんがプロポーズをＯＫしてくれますように、って書いたんだけど」

「あっ」

　思いだした瞬間に強く最奥を穿たれる。ビクビクッと腰が震え、芽衣は喉を反らせて嬌声をあげた。

　力強い抜き挿しが続き、返事をしないうちに達してしまいそう。当然それは甘い考えで、快感が弾けそうな一歩手前で腰の動きを止められた。

「ぁあんっ、護さっ……！」

　上半身をよじり、じれったくてたまらないと伝える。

「芽衣、愛してる」

　そのまま快感で引っ張っていかれそうな囁きが耳朶を打つ。伏せていた顔を上げると、鏡の中には快感に酔った自分と愛しげな眼差しをくれる護がいた。

「愛してるよ」

　耳から蕩けてしまいそうなほど甘い声。

　それだけでもドキドキするのに、蜜窟で止まった護自身が熱く脈打っているのを感じて、それだけで官能が爆発してしまいそう。

「俺のお願いは、叶う？」

鏡の中の護を見つめ、芽衣は今できる限りの笑顔を作る。

快感に蕩けて、でも嬉しそうな、幸せな顔。

「叶う……。もう、叶ってるよぉ」

昂ぶるあまり声が裏返る。萌え声になってしまった芽衣を見て護は嬉しそうに微笑み、すぐに腰を激しく振りたてた。

「あぁぁんっ！　まもる、さぁん……ぁぁっ！」

「その声、ホント最高。こんなにハマると思わなかった」

「ンッ、ん、ダメ、ダメェッあぁぁんっ！」

「約束だから。イかせてあげる」

肌を打ちつける音を響かせながら剛強が蜜路を蹂躙《じゅうりん》する。従うことしか考えられないほど蕩かされ、導かれるままに高みで弾ける。

「あぁぁん！　まもるさんっ……すきっ、ぁぁあ――――！」

隘路が大きく蠕動《ぜんどう》する。腰が大きく震えて脱力したとき、身体を抱きこまれたままカウンターから離され、一緒に床に倒れこむ。横向きになっていたところから護だけが起き上がり、芽衣の脚を開かせながら仰向けにした。

「芽衣……、芽衣のお願いも、叶った」

「わたし……」

「みんなが幸せになりますように、って、お願いしていた」

そうだ。あのときは、なにを書いたらいいかわからなくて。とりあえずそう書いた。

何気なく書いたお願いなのに、今、こんなに嬉しくて幸せだ。

「わたしも……幸せ……」

芽衣が両腕を伸ばす。護が両腕のあいだに身体を入れてくれたので、愛しい身体に抱きつい た。

「護さん、好き」

「芽衣っ……！」

昂ぶりがおさまらない護が猛然と腰を振りたてる。達した余韻から醒めきらぬうちに与えられる快楽。身体はそれを求め、再び上り詰める。

「ああっ、ああっ！　また、イク……まもるさっ……ああっ――!!」

「めいっ……！」

深くで止まり、大きく息を吐いた護は余韻を愉しむように腰を回す。

「あぁぁ……ダメ、ダメェ、うごいちゃぁ……」

「うん、芽衣のナカ、蠢《うごめ》いてすごい。続けて動いてしまいそうになる」

「んんん～、ダメェ……。お風呂入りましょうねっ」

つい園児に言い聞かせる口調になってしまった。また「その声最高」とか言いだすのではと思ったが、護は微笑んで唇を近づける。

「はい、芽衣先生」

唇を重ね、芽衣は護ごとこの幸せを抱きしめた。


――そして、七月の最終土曜日。

七夕の日の約束どおり、ふたりは一緒に大輪の花火を観たのである。

帰り道、幼いころに父の背中で寝たフリをした話をすると、対抗したのか護がおんぶをしてくれた。

まだ、まぶたの裏に残る華やかな花火。

記憶の底からよみがえる幼い日の情景。

あたたかな背中が、芽衣の鼓膜に父の声を響かせる。

――芽衣は、父さんの宝物だから。

ずっと思いだせなかった、あの日の父の言葉。

やっと帰ってきた大切な言葉を心に刻んで、芽衣は護の背中にしがみついた。

エピローグ

結婚することを決めてから、芽衣は護とともに母親に会いにいった。

電話で報告したときは泣いていたが、護とは笑顔でしっかりと話をしてくれて、改めて母親の頼もしさを感じる。

……ただ、そのあと、父の仏壇に報告をしながら泣いていたのだが――それは、湿っぽくなるので見なかったことにする。

もちろん芽衣も、父に手を合わせて結婚の報告をした。

「お父さんと同じ、SPの仕事を誇りにしている護さんと結婚します。……お父さん、わたしね、ずっと言えなかったことがある。……十歳のとき、あの事件から守ってくれてありがとう。お父さんがSPでよかった。お父さんのおかげで、わたしは護さんに会えたんだよ……」

芽衣も泣いてしまったので、母のことは言えない。寄り添った護が、そっと肩を抱き寄せてくれた。

――高羽家のほうはともかく、芽衣にとっても護にとっても強敵は堂島家のほうである。

護が言うとおり、母親はとても柔らかい人で歓迎ムードだった。兄という人は生真面目そうなところが父親に似ているものの、物腰やわらかそうである。

堂島家の広いリビングで父親との一騎打ち。

護と並んでソファに座り結婚の報告をしたあと、なにを言われるかと身構えるふたりを前に父親は大きなため息をついたのだ。

「子どもを……守ったそうだな」

最初はなんのことかと思ったが、すぐにあの日の連れ去り事件のことを言っているのだとわかった。

芽衣は居住まいを正し、背筋を伸ばして堂島を見る。

「はい。気にかけてくださりありがとうございます。あのときの園児は、元気に保育園に通っています。初めはおそるおそるだった園バスにも平気で乗れるようになったし、とても元気に挨拶をしてくれるんです。子どもが元気でいてくれるのが、本当に嬉しいです」

堂島は少し驚いた顔をする。もしかしたら、芽衣が弱音を吐くだろうと予想していたのかもしれない。

普通に考えればそうだ。あんな怖い思いはもうごめんだと、感じるだろう。

確かに怖かった。けれどそれ以上に、自分を頼ってしがみつく園児を守らなくては、そう思ったのだ。

「わたしは、これからも保育士を続けていきます。護さんがSPとして要人を守るなら、わたしは保育士として子どもたちを守ります」

　堂島はしばらくなにも言わなかった。

　代わりに言葉を出したのは、隣に座っていた母親だ。

「芽衣さんは、亡くなったお父様と同じく、人を守る、というお仕事を選んでいるんですね。ある意味お父様の志を継いだということではないでしょうか。素晴らしいですね。護より親孝行だわ。ねえ、あなた」

　話を振られ、堂島は少し困った顔をする。もしかしたら、彼はこのおっとりとした妻に弱いのではないのだろうか。

　考えてみれば、子どもを自分の思ったとおりにしようとする厳格な人なのに、妻に対しては違うようだ。

　そうでなければ、母親が護の警察学校行きを応援できたりはしないだろう。

　意外な弱みを掴んでしまった気がして、嬉しくなってしまった。

　保育士は続ける。

芽衣は続けたいし、護も続けてほしいと言ってくれた。

園長に結婚の報告をし、仕事は続けたいと言ったときも歓迎してもらえたし、保育士の同僚たちも祝福してくれた。

こんなにいいことばかり起こって大丈夫だろうかと心配になるくらいだ。

「そういえば、子どもたちには結婚するって言うの?」

夕食後、ふたりでソファでくつろぎながら結婚式場のパンフレットを見ていると、護が何気なく聞いてきた。

「子どもたちにですか? はい、もう少し先ですけど保護者の方々へのご報告も兼ねて。でも辞めるわけではないし、ヘンな緊張はないです」

「そうか、俺のライバル、泣かないかな」

「ライバル?」

口にしてから意味に気づいてハッとする。「オレのめい」発言で護にやきもちを焼かせた竜治のことだ。

「悔しがるかもしれないけど……泣かない……と思いますよ。多分」

(泣かないと、いいな)

芽衣は心の中で祈る。

「そうか、芽衣の受け持ちはいい子ばかりだな。俺の同僚は泣いたんだけど」

「えっ」

ドキリとする。護の結婚を聞いて泣くような同僚がいたのだろうか。職場の女性についてはなにも聞いたことがない。

「男の先輩なんだけど、『オレを捨てて結婚するのか～』って。まあ……たしかに、既婚が多い職場だからなぁ……」

よかった。ホッとした勢いで口が軽くなる。

「先輩さんは独身なんですか？　うちの保育園、独身のかわいい女の子がいっぱいいますよ」

「園児？」

「かわいすぎるでしょっ。警察がなに危ないことを言ってるんですかっ」

護は楽しげに笑い、話を改める。

「冗談抜きで、先輩に合いそうな独身女性いないかな。しばらく恨みがましい顔されそうでさ」

「どんな女性が好みなんですか？」

「本人はおとなしくてかわいくて……とか言うけど。あの先輩に合うのは絶対にそのタイプじゃないと思うんだ。しっかり者で度胸があって、そうだな、ぐいぐい引っ張っていってくれるような、性格がイケメンな女性」

芽衣は目をぱちくりとさせる。

ぴったりな独身女性が……いる。芽衣の頭に真奈美が浮かぶ。

「いますよ。ぴったりすぎてびっくりした」

「本当？　じゃあ、披露宴パーティーの席を近くにしてみようか」

「でも、こっちの好みがわからないから、どうなるかわかりませんよ？」

「わからないからいいんだ」

護が芽衣の肩を抱き寄せる。手にしていたパンフレットが膝に落ちた。

「俺たちだって、どうなるかわからなかったのに、こうなっただろう？」

芽衣はクスリと笑って護の胸に寄りかかる。

「そうですね」

「芽衣、俺がSPで、大丈夫？」

「もちろんです。むしろ、大好きになれた人がSPでよかった」

笑顔で答え、肩を抱く愛しい人の手を握りながら、唇を合わせた。

END

あとがき

大変じゃない仕事なんてないと常々思ってはおりますが、保育士さんって、考えれば考えるほど大変なお仕事ですよね……。

大変というか、幼児期の成長の一端を担ってくださっていることを考えれば、ほんっと、感謝しかないです。私的な話になってしまいますが、我が家はかなり長いこと幼稚園にお世話になったので、先生方はありがたい存在でした。今でも送迎バスを見かけると、心の中で合掌してしまいます。

今回のヒロインは保育士さん。超リアルに考えれば保育士さんのお仕事はいろいろありすぎる部分が多くて、それをヒロインの環境にあてはめると話が進まなくなるのです。そこで保育園などの施設開業条件から働きかたのパターンまで諸々調べたおし、話が進みやすい職場環境や仕事内容、その他諸々にさせていただきました。

設定は上手くいったものの、「この保育園、月の保育料がむちゃくちゃ高そう……」と、最後に不安になりました……。(きっと私に保育園開業の能力はありません)

本業の方にも取材をさせていただき、その節は大変お世話になりました。軽く設定のご説明をしたところ、「この保育園、転職したい」と真面目におっしゃられてしまったのが思い出深いです。（笑）

フィクションということで、ご了承ください。逃げているあとがきですみません。

担当様、今回もありがとうございました。特殊な職業は私もかなり資料を集めますが、SP関係は担当様にたくさん情報をいただけたおかげで、お話のイメージが膨らみました。

挿絵をご担当くださりました、天路《あまじ》ゆうつづ先生。ヒーローのSP姿、むっちゃくちゃかっこいいです！　園児に好かれるかわいいヒロインも、ありがとうございました！

本作に関わってくださいました皆様、見守ってくれる家族や友人、そして、本書をお手に取ってくださりましたあなたに、心から感謝いたします。

ありがとうございました。またご縁がありますことを願って――。

幸せな物語が、少しでも皆様の癒やしになれますように。

令和五年六月／玉紀《たまき》　直《なお》

大嫌いなSPとお見合いしたら甘く包囲されました

Vanilla文庫 Miel

2023年7月20日　第1刷発行　　定価はカバーに表示してあります

著　作　玉紀 直　©NAO TAMAKI 2023
装　画　天路ゆうつづ
発行人　鈴木幸辰
発行所　株式会社ハーパーコリンズ・ジャパン
東京都千代田区大手町1-5-1
電話　03-6269-2883（営業）
0570-008091（読者サービス係）

印刷・製本　中央精版印刷株式会社

Printed in Japan ©K.K.HarperCollins Japan 2023 ISBN978-4-596-52150-7